最后开的花

最後に咲く花

(日)片山恭一 著　林少华 译

青岛出版社
QINGDAO PUBLISHING HOUSE

图书在版编目(CIP)数据

最后开的花/(日)片山恭一著;林少华译.— 青岛:青岛出版社,2017.8
(青鸟文库)
ISBN 978-7-5552-5609-0

Ⅰ.①最… Ⅱ.①片…②林… Ⅲ.①长篇小说-日本-现代 Ⅳ.①I313.45

中国版本图书馆 CIP 数据核字(2017)第 158584 号

SAIGO NI SAKU HANA [BUNKO]
by Kyoichi KATAYAMA
©2009 Kyoichi KATAYAMA
All rights reserved.
Original Japanese edition published by SHOGAKUKAN.
Chinese translation rights in China (excluding Hong Kong, Macao and Taiwan)
arranged with SHOGAKUKAN through Shanghai Viz Communication Inc.

山东省版权局著作权合同登记号 图字:15-2006-056 号

书 名	最后开的花(青鸟文库)
著 者	(日)片山恭一
译 者	林少华
出版发行	青岛出版社
社 址	青岛市海尔路 182 号(266061)
本社网址	http://www.qdpub.com
邮购电话	13335059110 0532-68068026
责任编辑	杨成舜 霍芳芳
特约编辑	张姗姗
封面设计	毛 增
照 排	青岛双星华信印刷有限公司
印 刷	青岛双星华信印刷有限公司
出版日期	2017 年 9 月第 1 版 2018 年 5 月第 2 次印刷
开 本	32 开(710mm×1000mm)
印 张	11.25
字 数	150 千
印 数	4001-8000
书 号	ISBN 978-7-5552-5609-0
定 价	20.00 元

编校印装质量、盗版监督服务电话 4006532017 0532-68068638

本书建议陈列类别:日本 / 文学 / 畅销

珍惜"最后开的花"（译序）

文学的使命，一是直面现实，二是拯救现实。拯救现实，就是要找回现实中流失的东西。无须说，作为现实，我们生活的物质版图正急剧扩张。你可以坐德国的车、嚼美国的牛排、吃巴西的水果。只要你愿意，甚至可以"哈喽"一声随时打电话给布什父子。而另一方面，我们的心灵疆土却越来越瘠薄，越来越萎缩，以致除了自己几乎养不了也装不下第二个人。换言之，爱这一最宝贵的水土正在迅速流失。相比之下，不少中国作家似乎更有直面现实的勇气，而日本当代作家片山恭一宁愿致力于填补水土流失造成的空缺，致力于对现实的拯救——呼唤爱，呼唤善，呼唤悲悯。

他的那部《在世界中心呼唤爱》无疑是这方面一个璀璨的结晶，和同名电影一起在日本创造了销量奇迹和票房神话。但片山恭一并未就此止步，而把在"呼唤爱"中意犹未尽的部分不断扩衍和深化，终于在去年推出又一部力作《最后开的花》。

这部小说的主人公已不再是"呼唤爱"中的毛头小子，而是成长为一家证券公司年富力强的基金经理，一个天天同钱打交道的股市操盘手。而且是出类拔萃的高手，以丰富的经验和准确的判断在波谲云诡的股市上赚得钵盈盆满，深得公司的器重。他自己也得到了构成世俗享乐的所有要素：高档公寓、高档家具、高档西装，出入高档餐馆酒吧，连离婚后结识的女友也是高档白领。这期间他偶然见到了十几年未见的大学女同学由希。由希身患先天性心脏病。重逢之初还能生活自理，也能和永江一起外出旅行。但病情的发展从未停止，绝无好转的可能。五年后，由希几乎卧床不起，甚至住院抢救，靠呼吸机维持生命。然而就在此时，永江断然做出一个决定：辞去基金经理工作，断绝同女友的往来，即刻同由希结婚，陪她走完所剩无多的生命旅程……

　　这里有两个背景值得注意。一个是永江同波佐间的交往。波佐间同为永江的大学同学，是一家颇具规模的建筑公司的副总经理。他为了生男孩儿继承这家由祖父创办的公司老总职位而采取了胚胎基因诊断方法，不料生下来的男孩儿却有先天性情感缺陷。波佐间因此陷入极度痛苦之中，决心跳崖自杀。永江随后进山寻找。永江在同波佐间交往的过程中、尤其在山中相遇后，两人对"9·11"事件后的世界形势和金融体制进行了猛烈抨击。如认为"和平"时下已沦为美国军事机器生产的"商品"，沦为"极其注重实利且浑身血污的东西"；认为"所谓全球化，无非是力图在货币这一超宗教之下对世界进行重组的运动"；认为与胚胎移植相关的基因工程已成为股票投资商们趋之若鹜的"实质上把人商品化"的商业活动。这一背景充满张力，字字句句，掷地有声。另一背景则是永江对自己同由希一起经历的点点滴滴的往事回忆。静静的夕晖，柔柔的晚风，轻轻的话语，伴随着淡淡的哀愁、绵绵的情思，时间在其间缓缓地流逝。

不难看出，正是这可谓一硬一软的两个背景使得主人公异乎寻常的纯爱有了质感，有了说服力。一个让主人公痛感灵魂的操守和生命的尊严正在遭受"世界的劫掠"；一个让他觉得只有由希、只有同由希的关系才能使自己避开"世界的劫掠"，使灵魂得到净化和救赎。从中，我们既看到了纯爱的依据，又看到了纯爱的价值和力量。

作者在小说出版不久对记者说："由于物质和信息的介入，我们已无法真切地感受他者。他者完全成了景物、成了符号，于是社会变得一片荒凉。"（《每日新闻》2005年7月17日）。为了让荒凉的社会和心灵的地表恢复植被，唯一的办法就是播散爱的种子。爱——近乎宗教感情的悲悯、对于他者设身处地的体察和不计功利的关怀，只有这种纯爱、博爱之情才能使我们的社会免于沦为不毛之地，使我们的灵魂不失贞操并得到超度。换言之，爱乃是人世间最后开的花。除了它，还有什么更值得我们珍惜的呢?

林少华

二〇〇六年元月六日于窥海斋

时青岛瑞雪初霁满目银辉

目录

第一章 / 001

第二章 / 081

第三章 / 171

第四章 / 261

第一章

1

人行道上，化妆化得富于挑逗性的女郎们身旁聚着身穿颜色发黑服装的男子。无论男女，全都无所事事，只是愣愣站着。女郎们大多讲一口流利的英语。不时擦肩而过的不知什么国籍的男子们用我听不明白的外国语交谈着。这座城市里莫名其妙的语言也多起来了——正这么想着，转而察觉他们口中的竟是日语。

星期五的夜晚。和几个同事在公司附近的餐馆喝完啤酒，又坐出租车一齐赶到六本木的酒吧。年轻的同事一杯接一杯喝着度数高的杜松子酒和苏格兰威士忌，简直像要把一星期来的心理压力用酒精冲个一干二净。醉得一塌糊涂的一个喝的过程中起身吐了一次。见他折回时脸色苍白，我为他要了一杯葡萄柚汁。他一口气喝干，紧接着要了一杯戈登。

喂喂……看来他已打定主意：哪怕多少让肝脏纤维化，今晚也要一醉方休。见他第二次跑进卫生间之后，手机响了。

十二点都过了，街上也还是人如潮涌。泡沫经济破灭后冷清了一段时间的这座城市，近几年又恢复了活力。不过，这只是表面上的。公司接待性活动减少，孩子们拥上成年人的街头。一个染发的年轻男子盘腿坐在人行道上，一边弹着吉他一边胡乱唱着什么。几个高中生模样的女孩蹲在大楼背后打手机。走过一个用萨克斯管吹奏《乔治亚州驻我心》(Georgia on my Mind)的蓄胡男子身旁，沿狭窄的小路往右一拐，来到人少些的地段。这一带人也好路也好都格外脏兮兮的。暖烘烘的风吹来，路上扔的纸屑随风起舞。

走上大路拦出租车。大概失火了，路面有警车和消防车的云梯，通往涩谷的路车来人往混乱不堪，很难拦住出租车。于是分开人墙，往稍离开些的地方走去。看热闹的人一齐往高楼顶上仰望。看情形好像有人要跳楼自杀，混乱由此而来。围观的人像看烟花一般,或骂骂咧咧或大声起哄,七嘴八舌喋喋不休。顺他们的视线不经意地看去,原来楼顶边缘站一个身穿泛白衣服的男子。

走了一段路,好歹拦住一辆出租车钻了进去。车内一股烟味儿。告以目的地,闭上眼睛,忽然有点儿想吐。为了冲淡呕感,我让意识集中在由希的身体状况上面。打来电话的是她的母亲,说是从医院打的,随即简单讲了女儿身上发生的事情。这位平时蛮刚强的母亲最后竟呜咽起来。

"消防车出动了。"司机从后视镜里看着我说,"失火?"

"像是跳楼自杀。"我懒懒地回答。

"跳下去了?"

"不,还没有。"

"是吗?"

交谈中断片刻。我一边怅然注视车窗外流动的街头景致,一边思忖刚才那个志愿自杀的人。那个人怎么样了呢?那般众目睽睽之下,说不定反倒跳不成了。下面围观人的起哄声仍执拗地留在耳底。

"人多大年纪?"司机再次问。

"脸没看清。"

"男的,是吧?"

"公司职员模样。"

"说不定被裁员裁掉了。"

"也可能醉醺醺懒得拦出租车了。"

司机没笑,我也无意逗他笑,只希望他闭上嘴开车。但不知是有意还是迟钝,他不想闭嘴。

"干这个之前,我是管裁员的。"他径自说起这个来,"在建筑公司人事部来着。"

我没有搭腔,把司机话当耳旁风。他以从容不迫的语气继续说下去。说泡沫经济破灭后,公司的订单当即一落千丈。结算情况不妙,连日开会,决定以多给退职金为条件征集二百名左右退职志愿者。他的任务是负责说服不愿退职的人。

"我列举数字说明严峻的现状,没使用辞退这一字眼,只说请求配合,或希望为年轻人着想等等。都是和自己年龄相仿的人,心里不好受啊!"

我很厌烦司机的饶舌。对素不相识的客人说

这个，到底什么用心？是想引起对方的共鸣，还是打算进行精神赎罪呢？看计程表旁边贴的名片式照片，年纪在五十五上下。

"当时使用的设想问答集的最后一项是：那么你是什么打算呢？"说到这里，他催促似的看着后视镜。

"回答呢？"我随便问了一句。

"走也地狱，留也地狱。"

我差点儿笑出。

"有道理。"我没有笑。

"但实际上没有人这么问。"司机以深有所感的语气继续道，"我是幸运的，因为大家尽管很不好受，但最后都予以配合了。这样，在没有发生什么争吵的情况下，两年左右就凑足了所需要的退职志愿者。"

车在六本木大街行驶。

"可是在完成目标舒一口气的同时，我觉得自己心里好像开了个空洞。"看来他非要把话说完不可，"设想问答集的那句提问就像打往心口窝的重拳躲闪不开——'那么，你是什么打算呢？'"

"辞职了？"

"嗯，辞职干起了这个。"

大概总算满足了，司机安静下来。我闭目合眼，任车摇晃自己。我什么也不想，唯愿这么睡过去。

"去正门吗？"

问得我睁开眼睛，以大梦初醒的感觉环视四周。我一边从夹克内侧的口袋掏钱夹一边说：

"去夜间门诊那边。"

司机伸手拿过停车票后，拦车杆提了起来。

"这个时间还探病？"司机找回零钱，恍然大悟似的问了一句。

2

　　由希身上似乎发生了下面这样的事情。晚上十一点左右,她在自己房间床上睡着了。虽说一天几乎所有时间都在床上过,但也还有起床有就寝的。她尽可能中规中矩地保持白天和黑夜的区别。睡着大约一个小时后,强烈的胸痛使她醒了过来,向睡在隔壁的母亲求救,父母起来时她已陷入呼吸困难之中。父亲叫救护车的时间里,她嘴唇四周出现了青斑。拉到医院后马上输氧确保呼吸。但呼吸困难未得到改善,甚至出现意识障碍,处于危险状态。于是紧急往鼻腔插入气管,用人工呼吸机帮助呼吸,得以暂且脱离危险。

　　由希的父亲原封不动转达医生的说明。父母都很疲劳和憔悴,但因为事态在某种程度上已有所预料,所以看上去没有过于惊慌失措。

"能会面吗?"我问。

"求求看。"父亲说,"估计睡着了。"

我们跟着护士走进集中诊疗室。一排有几个用布帘隔开的房间,其中一个躺着由希。床边围着很多器械,几乎所有器械都伸出透明的或分色的软管连着她的身体。监控心跳次数的显示屏发出电子声。也有泵类刺耳的声响。此外还有不知从哪里发出的"吱吱"声。我摸了摸她放在床上的手。凉凉的,肤色也不好。碰了碰指甲,但没有反应。我站在床边,持续望着闭目合眼的由希。一会儿,护士返回,催我们离开集中诊疗室。

坐在长椅一端的父亲呆呆望着漆布地板。母亲躺在沙发上闭起眼睛。感觉上两人小了不少。去卫生间洗手时随意看了一眼镜子里自己的脸。我比由希的父母憔悴得多,胡楂黑乎乎的,眼圈多少陷了下去。由于没洗澡,头发油腻腻的。而且睡眠不足弄得脸色不好,由于饮酒过度,唯独双颊不自然地发红。若是韦思①，很可能以这张脸为模特画一幅杰作。

看表，快后半夜两点了。我在自动售货机里买了纸杯装的咖啡，坐在休息室长椅上喝着。我回想和由希最后一次见面的情形。那是上个星期六。

那天较晚的时候，我去了她位于柿木坂的家。被留下吃晚饭，连同她父母一起围在桌旁。多少喝了点酒，快到八点还在由希房间里磨磨蹭蹭。房间面对南面的庭院。房子相当旧，但窗是铝合金的。放着小书架，形成她单独使用的小图书室。大多是诗集、随笔集、游记类的书。最下面一格摆着几本大号影集，差不多全是以自然为对象的风景照。书架旁边放着她上小学时开始用的旧书桌。我就坐在桌前椅子上。

"近来做了个梦。"她忽然想起似的说，"梦见你永江了。"

"怕是好梦。"

---

① Andrew Wyeth（1917—），美国画家。——译者注，下同

"地点弄不大清,大约是大学校园里的一个角落,也就那样的地方。好像有个水池或喷水池什么的。你拿一条芦苇样的植物出现在那里,问我那叫什么名字,我说叫物种起源。"

我不由得笑了。

"何苦出来达尔文呢?"

"不知道。不过梦留下很深印象。"

"下次出现时,拿个地道些的东西。"

说梦到此为止。我从书架里拿起一本诗集,目光落在随手翻开的一页的诗句上面:

漫长岁月里我和你朝夕相伴
而今我们即将各自扬帆
为了重逢的那一天

正要往下看,由希唐突地抛出话题:"高中古文课学过《枕草子》吧?"

我从打开的书页抬起头。

"现在还时不时想起菊花移香那一段。"

"讲的什么？"我合上书问。

"旧历九月九日是菊花节吧，在那前一天夜里把棉布盖在菊花上面沾得夜露，再用移有菊花香的棉布擦身——好像有这么一种风习。"

"《枕草子》是平安朝①的吧？"

"古人够细心的了。"

"风流地方也不是没有吧？"我说出另一种感想。

"我想那些人肯定很敏感细腻，都能玩味菊花淡淡的移香。"由希仍好像放不下古人那份细心。

"啊，现在用的倒大多是足以把人熏昏的香气。"我附和道。

不料由希不知是开玩笑还是当真说出这样一句话来："我若在菊花开的时候死了，你用菊花的移香给我擦身可好？"

"记住就是。"我轻轻应道。

交谈中断，房间里的静寂分外明显。房子位于

---

① 亦称"平安时代"，公元8世纪开始历时约400年。

从道路稍拐进些的地方，几乎没有车辆往来。过了一会儿，由希以仿佛自言自语的口气说："每年一到夏天，我就觉得自己活不到秋凉的时候，不知今年怎么样。"

我默然。

"过完这个夏天，父亲可能离开现在这家公司。"她继续道，"不过好像打算另找工作，想在能干的时候多干些，尽可能多留一点儿存款，尽管晓得我要先去那个世界。"

一直坐着的我从椅子立起，在她躺着的床头轻轻坐下，顺势拿起她的手。

"说得好心虚啊！"

由希伏下眼睛。少顷，老实说她近来有些突然透不过气。

"原以为不过是轻微发作，但后来一个劲儿担忧若剧烈发作可如何是好，担忧得晚上几乎睡不着。"

"跟父母说了？"

"没有。"她微微摇头，"说了，肯定提出睡在这房间里。那一来，母亲就休息不好了。本来为我操劳得够呛了，晚上时间再搭上，母亲要垮掉的。上年纪了，原本心脏就不好……"

天亮的时候护士来叫。我们战战兢兢跟在她身后走去。由希身上仍用着硬管和软管同器械连在一起，但眼睛睁开了。看见我，想做出笑容，但只是脸颊松了松，再次闭上眼睛。我拿起她的手。她已没了回握的气力。觉得如果用力过大，很可能把她整个人弄坏。

3

由希和我在大学里由同一教授指导。那位教授退休时，在城内一家宾馆举行了纪念晚会。会后，不少与会者接着去喝第二场。而我因为第二天要去国外出差，所以提前离开一步。她在出租车站那里。等车的人很多，看样子要等些时间。站着说话当中，得知两人回去的方向相同。我问她去宾馆会客厅喝杯茶如何。反正回去同乘一辆出租车，把她送到家即可。

我察觉自己比平时话多。我讲起几天前刚看的电影。是吉姆·谢里登的新作，主演是丹尼尔·戴·刘易斯。舞台是北爱尔兰的贝尔法斯特。男主人公原是 IRA① 活动家，因实施恐怖性爆炸嫌

---

① Irish Republican Army 之略，爱尔兰共和军。

疑入狱十四年，已刑满出狱。由于现在洗手不干，组织当然心生不快。所以返回原来城市是有危险的。他所以冒险返回，一是为了继续参加拳击比赛，二是为了同恋人相会。对方已经结婚生子，丈夫同样是 IRA 活动家，被关在监狱没出来。

"在 IRA 内部，服刑者的妻子作为斗争的象征具有特殊意义。有义务一边守护家庭一边在精神上支撑狱中的丈夫，放荡行为是绝对不允许的。就连有男人以眼神挑逗，组织的成员都要当即发出威胁。何况男主人公对组织来说等于叛徒。周围人都晓得两人曾是一对恋人。其实相隔十四年相见也没办法好好交谈，因为若被人瞧见传出去，就会有生命危险。"

"但两人还是相互吸引。"

"就是所谓犯禁的恋情。"

"为什么呢？"

"为什么？"

"十四年前的恋人重逢时也还会相互吸引？"

"大概会的。"

"无动于衷的可能性也有的吧?"

"因为两人都一直思念对方。"

"不过实际相见,形同路人也有可能。"

"你是说时间会改变人?"

"嗯,双双改变。"由希不无悲戚地说,"结果,十四年前站在同一位置的两个人,现在说不定离得像英国教会和罗马天主教那么远。"

"那可就成不了电影喽!"

"的确成不了电影啊。"她笑了。

"不过相反的情况也有。"我说,"十四年前天各一方的两个人此时正在同一休息厅一起喝茶——我们成为电影。"

说来也怪,大学时代我们并不特别要好。我有相处的女孩,由希在同一课堂上的女生中间总的说来也不显眼。

"头发长得很不一般。"她眯细眼睛说,"胡须也够长的吧?"

"记得蛮清楚嘛。"

"那是的,人家喜欢你永江来着。"

语气像谈天气似的。我不知怎么应对才好,便向旁边走过的女服务生要了瓶啤酒,以便再琢磨一下她口中"来着"这个过去时的含义。我把啤酒倒进两个杯子,讲起毕业以来的情况:曾在银行工作,眼下的工作,结婚和离婚的原委……如此讲述自己的经历还是头一遭。可能是十几年没见的关系,也许因了对方始料未及的表白,或者仅仅心血来潮也未可知。她默默倾听我的话,除了偶尔附和一声,几乎没有插话。

我说完之后,她接着说了起来。字斟句酌,声音十分平静。说的过程中有时夹带长久的沉默。若是电话咨询,即使对方说出"下一位"也是奈何不得的——便是这么长的沉默。然而两人都不觉得别扭。倾听由希讲述,觉得就好像独自走在寂静的森林。她日常生活中流淌的时间同我度过的时间似乎截然不同。

"在新宿一起看电影来着,记得?"她道出意外的事来。

"和我?"

"不记得了?"

记忆中完全没有。

"看的什么?"

"忘了。"

"那么就是说,不是什么大不了的电影。"

她继续下文,语气仿佛在说那个怎么都无所谓。

"有条连接东口和西口的地下通道吧?那时候东口旁边那个地角还是空地,或者像是个停车场。倒是铺着水泥,但这里那里不是有裂缝就是碎了,露出下面的土,长着很多杂草。"

我当即明白她说的是哪里。

"长着像木莓那样的野草,结着很多小果果。蹲下来用手一碰,你说那是 Cloudberry[①]。"

她还是记错人了。

"真的是我?"

"欺负人!"

[①] 一种食用小浆果的名称。

"不不。可这……"

此人同自己果真有相同的过去不成？理应共同拥有的过去，实际上说不定是别的东西。人与人所能共同拥有的仅仅是现在，若对这点有所怠慢，心势必分离，一如往日的妻子和我经历过的。

"回来路上不是还在涩谷喝茶了吗？"她言之凿凿地说，"店里黑得要命，脏得要死，吵得不行。放着鲍勃·迪伦的唱片。你说他的歌词很难懂，还说再次和孟菲斯·布鲁斯一起被关进大型移动住宅到底什么意思。"

她口中说出的情景简直像昨天的事一样鲜明。

"这回你还装糊涂？"

我提起音乐话题来逃避她的追问。

"六十年代迪伦的歌词，有说法认为几乎全是毒品。我一边翻开尤金·兰迪的《美国俗语辞典》同朋友各执一词争执不下，一边解释歌词来着。"

"和一个吸大麻的女孩之间有风言风语，知道？"

"我？"

今晚全是令人吃惊的事，我心想。

"真吸来着？"

"怎么可能呢！"

她用怀疑的眼神看着我。

"那么说，我想起来了。"我以接受刑警审问的嫌疑人那样的心情说道，"有人说用英日辞典的纸页卷红茶叶吸有一股大麻味儿。一边吸呛嗓子的烟一边听迪伦和'斯通兄弟'。但吸真正大麻的家伙，我身边应该没有。就连有没有人见过真正的大麻……不管怎么说，我那本英日辞典确实丢一页坏一页的。X啦Z啦，撕扯的是不怎么查阅的部分，这点倒也够可爱的。"

在休息厅坐了一个来小时。出门时下起了雨。我用出租车把她送到家。车上几乎没说话。

"今晚太谢谢了！"车停在她家门前时她说道。

"偶尔打个电话可以的？"我随便问了一句。

"嗯。"她微微一笑，"基本在家东倒西歪，有电话来我会高兴的。"

我开始照自己说的做，或许该说做过头了。每月往她家打几个电话。就像初中生打长电话一样，没头没脑东拉西扯。说的几乎全是我，她大多当听众。尽管如此，她的生活场景也还是从谈话中一点点浮现出来：养一条杂种狗，弹钢琴，喜欢野生紫罗兰。由希独身，去她家里应该不碍事，但我没有介入她的生活，而代之以偶尔约她出去。美术馆举办有意思的展览，两人就在平日上午等人比较稀少的时间段前去观看。音乐会也去了，还开车往远处去了几次。秋天去看红叶，冬天去看雪景。

这些小小的乐趣正一点点失去。她的病是先天性的。心脏很难往肺部送血，致使短时间出现呼吸困难。病情一步步发展，最终只能采取同时移植心肺的治疗方法。国内不大可能做这种移植手术，而在美国或澳大利亚做又费用太高。即使费用能够筹措，也未必能找到器官捐献者。就算碰巧找到了，手术也不一定成功。

病情在漫长的岁月里一点点榨取由希的生命。她必须随着病情的发展适应一个又一个新阶段。刚适应就再次被榨取掉，绝对不会好转。即使看上去暂时控制住了，病情也还是暗中发展。

我们重逢的时候，由希还可以歇歇停停地料理家务。可是病情缓慢而又执着地向前推进。外出路上必须频繁地站住休息。又不能站太久，所以家务差不多全交给了母亲。此外以前能做的事也一点点做不成了，例如出去遛狗、去附近商店买日用品、上下楼梯等等。狗由一个熟人领养了。由于不能长时间坐，钢琴也弹不成了。不觉之间，一天中的多半时间要在床上度过了。

上个月还能做的事在这个月却做不到了，这将是怎样一种心情呢？莫非类似以"快捷键"体验衰老？而由希却以正常的精神状态忍耐这一遭遇，在我看来她已超越令人惊诧的范围，成了不可思议的存在。除了忍耐自由被剥夺的苦难，最近又增加了呼吸困难等肉体痛苦，并且没有减轻的希望。痛苦像熵一样有增无减，等到承担不了的时候，她势必死去，只要时间之箭不改变射向。而那一时刻已为时不远。

4

敲了敲厚重的红木门,传出藤木多少有些嘶哑的语声。他不会走来门口,遂开门进去。藤木的两个房间纵向相连,前面是接待室,里面是办公室。他正坐在排列着电脑显示屏的大写字台前打电话。我站在接待室等他。房间白墙上挂着色彩亮丽的石版画。从不时传来的电话内容听来,电话另一头像是政府官员,事情似乎相当复杂。也想出去一下再转来,但叫我来的毕竟是藤木,姑且这样等下去。

过了五六分钟,终于打完电话的藤木来到接待室。

"劳你久等了。"他劝我坐在沙发上,"来杯咖啡怎么样?"

"不,不必了。"

藤木在我对面缓缓坐下,抱起双臂。

"其实被医生禁止来着。"他说,"咖啡、酒、烟……烟很早以前就戒了,酒也喝得不算多,但咖啡戒不了。这么跟医生一说,他说那就把咖啡因去掉。开玩笑!不晓得喝那种东西的家伙是什么心情。去掉咖啡因的咖啡,岂不成了被阉的男人!"

"哪里不好?"

"血压。本来就偏高,而且主要是低压有问题。"

"多少?"

"低压一百出头。"

"那是有点高啊。"

"所以医生才那么说。"藤木不大开心地嘟囔道,"不说这个了。对了,CRYOGENESIS① 来势很猛。"

"谢谢。"

"资料看过了,无论股票方面还是业绩方面,都没发现危险因子。由于塞莱拉·热那米克斯的关系,投资家对基因工程的兴致越来越高,其中

---

① 原意为低温学。此处为与此相关的上市企业的略称。

CRYOGENESIS 表现尤为出色。"

"唔,啊。"

"再买进一点儿也是可以的吧?"

我未置可否。

"怎么了?"

"一段时间想原地不动。"

"有什么不安因素?"

"不,不是那个意思。一来有同其他品种的平衡,二来想看看以后的行情再决定。"

"根据你提交的资料,CRYOGENESIS 公司提出的战略是:运用丰富的资金把事业扩大到整个生物工程行业。"他边翻阅边说,"看资产负债表,经营状况也极其良好。无论税后纯利还是每股收益都一清二楚,可以预测股票处于上扬态势,世界所有的投资家势必进一步买进,股票有涨无跌——你这样认为。"

藤木从资料上抬起眼睛看我。

"股票看涨是毫无疑问的。"

"有什么理由犹豫不决?"

"对法律限制的问题放心不下。"

"你不至于真心担忧那种问题吧?"他惊讶地说,"发达国家的政府不可能对体外受精加以限制。如果侵害想要孩子的夫妇的心愿,那可就是人权问题。"

"对胚胎的选择则是另一回事。德国、挪威、奥地利、瑞典都制定法律禁止选择胚胎,无论出于什么目的。即使美国国内,也有路易斯安那州、缅因州、明尼苏达州、新罕布什尔州、宾夕法尼亚州……"

"某个国家某个州,肯定有肯接受的医院。"藤木打断我的话,"你的资料也指出了,如果有限制,就去找像对待堕胎手术那样限制不严的州。国内不行,就在开曼群岛或其他哪里建一个生殖遗传中心。总之,无非把胚胎冷冻保存运去没有法律限制的州或国家就是。到底还有什么可放心不下的呢?"

"以长远的眼光看,很难认为 CRYOGENESIS 要干的事情会在社会上稳步发展。"

"你是真的认为不会稳步发展呢,还是不希

望稳步发展呢?"藤木像要看透真相似的眯细眼睛。少顷问道:"你认为我开办这家公司的理由是什么?"

我默然。

他继续说下去:

"对原来的银行不满当然有很多,但最主要的理由,是我认为这个国家也需要真正意义上的投资专家。日本的银行也好证券公司也好,都无法处理好泡沫经济膨胀时积攒的钱,致使美国的套头交易基金(Hedge Fund)赚了不少。毕竟,就连本应是风险管理专家的人寿保险公司都管理不好自家财产风险。结果,日本成了在年金和保险方面毫无希望的国家。手里的甜饼被外国抢走了,年轻人和老年人只能围绕剩下的甜饼剑拔弩张——全都是因为没能充分运用自家资金的关系。"

他把显得深恶痛绝的脸转向落着百叶帘的窗口。

"随着金融全球化的推进,世界即将进入真枪实弹的资金争夺战。以目前情况看,日本人自己赚的钱难免被外国投资家整个拿走。为了避免这一事态出现,日本国民只能人人成为金融世界里的成年人。可那需要时间。我想,当务之急是培养能够同世界抗衡的金融专家。在政府百般保护下舒服惯了的银行人员和证券人员是无法同世界抗衡的。过去,证券公司只把信托投资视为赚取手续费的工具。所以……"

茶几的对讲机响了,传来秘书的声音:

"打扰一下,斋藤先生往办公室打来电话。"

藤木当即打断。

"就说现在不在。其他还有什么?"他按下对讲机的开关,不屑地说,"政治家这种家伙!"

之后再次转向我:"你是基金经理,不是这方面的行家里手吗?别被廉价的感伤俘虏了!我们保管着客户的巨额资金。他们相信我们,把宝贝资金托付给我们。我们的任务就是冒着风险尽最大努力提高收益。由于长期实行低利率,投资家们的目光终于转来这边。这个时候如果辜负了他们的期待和信赖,日本的金融就无从发展。我们的使命就是提高收益。无论道理多么冠冕堂皇,如果不同利益挂钩也是没有意义的。看好顾客的资金,这就是一切,此外的事不必考虑!"

"明白。"

"在这个世界上,恰到好处地赚钱那种事是不可能有的。"藤木紧紧盯住我的脸说,"这是因为,没有人能够始终正确下赌。重要的不是正确还是错误,而是正确时候赚多少、错误的时候亏多少。如果能赢的时候不多赢,就会输不起的。认为正确买下就是,不要考虑什么平衡不平衡。"

公司有几种基金,分别由基金部门经理和 Support Staff(骨干职员)运作。国内自不用说,在北美和欧洲、亚洲也驻有自家公司的证券分析员。每月有一次品种分析会。会上,各证券分析员就事先排列好的企业提交其财务内容和预期收益的调查报告。以股票收益率等项指标为基础判断升值空间和降幅,从中挑选品种。每星期还要开两三次品种过滤会就入选品种讨论"买入""抛出"和"保持"

的对象。届时,基金经理们的投资判断将经受验证。

藤木所擅长的,是有关国际政治、全球金融政策、物价上涨的变化、利率、通货等世界动态的宏观分析。大家以这些信息为基础就经理们进行的交易进行讨论。多数交易存在不明朗部分。精确判断行情发出买入指令的可以说罕有其人。藤木准确地指出交易中的不明朗部分,一如拳击手击打对手柔软的小腹。经理们开始说明之后,他寻找说明中的漏洞加以追究,以针一般的目光盯视前言不搭后语的经理们的面孔。对方因之分外紧张,狼狈不堪。最后,他低头沉痛地嘟囔一句:"那个你也不清楚的?"虽然这是拷问时间结束的信号,但被追究责任的经理较之解脱感,怀抱的更是自己乃无能之辈这样的败北感和疲劳感。

"要经常发问!"藤木口头禅似的说道。因为好的品种不升值的时候肯定哪里有陷阱,必须就此不断思考。经济环境和股市整体动向……停止思考就寿终正寝,这是他一贯的观点。藤木尤其想知道股市是否朝预测相反的方向发展。

股票或升或降或原地踏步，三者必居其一。每当某一股票同预测背道而驰，沿下降线和平行线滑动时，他必定对假设加以验证，和经理们一起重新思考其原因，思考是依据何种认识进行交易的，如此同股市动向对撞。他不就短期损失加以责备，而代之以严厉追问失误的原因，一直追到得出正确答案为止。如此做法甚至让人以为较之现实的得失，更是出自纯粹的智性好奇心。若是局外人单单听得这种隔桌进行的交谈，说不定认为所追求的并非收益而是真理。只是，我们追求的真理总是同巨额资金联系在一起。即使会议多少带有学究式气氛，交易也还是百分之百的经济行为而并非智性游戏。成功取决于赚多少钱，赢了自然拿到款项。

尽管差不多一起工作了五年，但和藤木的关系丝毫谈不上融洽。比之上司与部下，更接近师生关系。也不光是我，在他手下干活的任何人都这样。既不和部下一起喝酒，又不去打高尔夫球。公司中谁也不晓得他下班后做什么。我有时觉得恐怕再没有比藤木更孤独的人了。

吃罢午饭返回办公室，和我搭档的三个年轻同事正目不转睛地注视着各自的电脑显示屏。上面或是证券交易所的股票信息，或是企业的主页，又或是可以链接业界报纸和金融杂志、企业发行刊物等信息源的检索系统。金融终端信息的页面上二十四小时实时滚动投资信息。随时纳入最新信息来取代过时消息，同时由上而下显示世界各地发生事件的标题。没有评论没有强调，每天有一千则以上的消息以秒为单位滚动不息。不但事件，金融市场的各种指标也一目了然。现在的股价和国债的利息等等，也可以通过简单的键盘操作调出。

我负责的主要是投资美国市场的海外基金。出于对市场进入调整期的判断，近来选了不少的小盘成长股。

"怎么样，总经理的情绪？"植村从显示屏上移开眼睛问。

"或许该说是丽日蓝天吧。"我站着看了一会儿植村的终端电脑，"怕是因为股市预测命中了吧。

往下但愿就像贝克那时候谁都不轻率发言。哪怕再出色的基金经理都把握不了政府要人朝三暮四的讲话。"

"确实。"

"话说回来,如果一切都能预测,那么搞活经济的东西恐怕就真的只剩下离婚什么的了。"

"借用总经理的格言,大概就是所谓发生的是正在实际发生的事。"

"结果,我们成为信息的人质。"

"什么意思?"植村不解地问。

"因为正在实际发生的事即是一切,所以只能紧紧抓住此刻和此处不放。想离开电脑去小便都需要孤注一掷的勇气。"

"果然。"植村笑了。

"那么,讨论一下今天的要点吧。"

即使再是熊市,也还是存在持续获利的企业。精选这样的朝阳企业投资,必定得到令人满意的回报。从理论上讲是这样的。但投资这个世界里不存在绝对手法也是事实,因而在逐一排除不确定因素的同时,最后不得不依靠直觉或灵机一动。唯其如此,获得大回报时的喜悦也才格外大。问题是能够按照自己描绘的图像运用基金,一年之中至多一两个月。剩下的十个月时间,势必冒着胃溃疡危险,持续感受挪动他人资金的压力。

在转入藤木的公司之前,我在一家大银行的信托部工作,负责美国股票。初进公司时日本投资家的对美投资尚未真正展开,在信托部内部被视为比较轻松的工作。不料,为外贸盈余节节上升感到头痛的日本政府为了消化过剩的美元供给量而开始放松对外投资的限制,从那时起对美证券投资急剧增多。数年之间受理量膨胀了好几倍。接受态势跟不上,遂增加了工作人员。尽管如此,还是要连日加班,半夜十一二点回家是家常便饭。工作和个人生活之间失去了平衡。由于长期顾不了家,妻的心离我而去。

她在丈夫以外找到的乐趣是购物,把我并不很高的工资挥霍一空。衣服、饰物、室内装饰品、艺术品……现金没了就用卡买。妻挥霍的目的是为了拉回我的心。其实若想让我回头，同男人乱来或声称自杀也未尝不是办法。没有孩子，又不工作，作为她或许不知如何打发一天时间。她常说没有自己的位置。我购，故我在。大概是想通过购物来勉强保持自己这一存在的轮廓。

我不曾认为自己聪明。聪明人怎么会当什么基金经理呢？果真聪明，是不会围着别人的钱打转转的。当时的我只是一味对她气恼。一天干十二小时不止，拼死拼活挣得的钱却被她流水一般花掉。就像一个不太富裕的小国整个养活一个处于发展中的社会主义国家一样。我同专门处理离婚的律师商量后，暂且离家分居，不久正式离婚。

倒是一身轻松了，但问题并未全部解决。每天的工作成了负担。工作是为了什么？报酬呢？快乐呢？牺牲婚姻生活弄到手的，只有妻大刷特刷的信用卡上的欠款。在美国，索罗斯的套头交易基金使用各种导数（Derivative）赚取巨额收益。而我们则在固定工资之下为让他人发财而忙得甚至削减睡眠时间。通宵跟踪股市,即使判断对了给银行带来若干收益,也不至于提升工资和晋升职务。同上班时间对着桌子消磨时间的那伙人相比,如果进公司时间相同,收入也相差无几。至多把自己提高的收益中微乎其微的一部分加入奖金。

藤木是我任职银行的调查部的干部。在我们面对每天浮动的几个百分点的美国债券苦战的时候,他预见金融将自由化而从银行辞职,自己开了一家小型投资信托公司。泡沫经济时期,无论企业还是银行全都以外行人的判断涉足股市,结果被烧得不轻,有的甚至被逼到破产的地步。实际吃亏以后,他们切实感到理财还是委托投资专家才是明智的。而且,在少见的低利率之下,投资家们极力追求效率好的理财手段。对于由能力出众的职员管理的基金的潜在需求,可以说相当之大。在这一时代需求的推动下,藤木的基金以超常速度增加了可以运用的资金数额。

因为我有美国股票买卖经验,藤木几次拉我过去。当时,日本还几乎没有专门从事投资信托的理财公司。从大银行转入藤木的公司，在我看来很像是一种高风险赌注，很难当机立断。为时不久，银行刮起了裁员台风。同期进入银行的同事中不断有人外派或调出。银行的作用将在经济全球化和放宽限制的形势下发生剧变——这点在任何人眼里都一清二楚。方方面面综合考虑之后，我终于下决心转入藤木的公司。

5

"来电话的时候,真的正想你来着。"淋浴后的沙织说道,"很久没通音信了,再说也有礼物想交给你。"

她是晚间十点过后来的。许久没见的她晒得十分可观。她说,因公差去了南洋的帕劳或其他什么海岛一个星期,顺便畅游一番。她说还没吃饭,我为她简单做了通心粉和蔬菜色拉。她称赞我在商店卖食品的地方买来的黑麦面包好吃。我切了自己用的奶酪,干喝别人送的威士忌。

"日本人真是什么地方都去。"她谈起采访去的南洋群岛,"到了关岛和塞班岛,那里的日本人全都不相信日本战败了。"

"感觉上就像住在城内旅馆的人去了外国吧?"

"涩谷和六本木也有外国人,数量怕要更多一些。所以每到一处，日本人都觉得不好意思，对方也可能同样看待我们。"

"怎么回事？"

"反正总是聚堆，切切实实让人觉得日本人是一个人干不成事的。所以不为自己的所作所为感到羞耻。年轻情侣就算抱在一起吧唧吧唧接吻也毫不忌讳——大家都那么干，所以自己也干。"

"看来你是观察了南海群岛上的日本人生态喽。"

"鱼也吃了，吃了好多好多五彩缤纷的鱼——鱼类观赏者见了怕是要不高兴的——完全可以养在水槽里供人观赏。"

"好吃？"

"好吃，是好吃。"

"烤来吃？"

"煮着吃。那么说来，好像没多少烤鱼。烤

着吃比煮着吃高级——列维·斯特罗斯①没这么说过?"

"我不是斯特罗斯的热心读者,不知道。"

"老穿牛仔裤还不知道!现在身上的不也是吗……说什么来着?"

沙织在电视台从事节目制作。虽然她本人说是"介于导演和勤杂工之间",但又是筹划自家电视台的节目制作又是外出采访,工作像是比她嘴上说的富有实质性内容。至于结婚后能否继续工作我不得而知。两人从未就此谈过,都尽可能不过问对方的工作。分手的妻子是所谓专业主妇。尽管这不是唯一原因,但有可能是导致离婚的原因之一。如果沙织想继续工作,我这方面毫不介意。

"傍晚时分,每天都有暴风雨。"她又说回南洋的海岛,"与其说是雨,莫如说是瀑布,简直什么都看不见,一两米开外的东西都模糊不清。而雨一

---

① Claude Lévi-Strauss(1908—),法国文化人类学家。曾在巴西从事印第安各民族情况的调查。

停，就云开日出，彩虹横空……早午晚天空颜色各不相同。"

我在餐桌上把她作为礼物送给我的瑞士产军用小刀的刃器一个个拉了出来。小锯、开瓶器、开罐头刀、指甲剪……大凡能想到的器具一应俱全。

"听说即使现在，近海也好像有海盗出没，外国船只时常遭袭。海盗们把船上的男人统统扔到海里，女人被强奸后作为妻子。作海盗的妻子，不知是怎么一种心情。"

她的头发晒红了，脸颊的柔毛仍好像有南洋的阳光留在上面。褐色的皮肤，略带橙黄色的口红，耳朵带着珊瑚耳环，桌面上轻轻交叉的手指涂着和耳环同样的颜色。

"夜晚和当地的教练员一起潜海来着。"不觉之间，她讲起潜水用呼吸装置，"原来白天游来游去的鱼儿都在礁石上睡觉呢！用手指一捅，简直就像从床上滚下去一样掉下礁石……哎，可听着呢？"

"啊。"

"困？"

"有点儿。"

"小心别从椅子掉下去,像鱼似的。"

早上起来,打开电视一边看CNN①新闻,一边掀开电脑显示屏确认路透社金融情报。好消息坏消息都没有。NASDAQ②暂时问题不大,DOW③也处于平稳状态。影响股价的唯一原因就是情报。重灾、事故、气象、各国的经济政策、总统和财政部长的发言……任何一种都可以成为左右股市的因素。只要投资家持悲观态度,股价就下跌不止;而若他们对未来怀有希望,股价就止跌转升。所以持续买进美国信息高科技方面的股票,是因为发达国家的大多数居民在这一领域看见了未来。环境基金(Eco Fund)所以受到追捧,是因为他们同时对地球环

---

① Cable News Network之略,美国专播新闻的有线电视台。
② National Association of Securities Automated Quotations之略,(美国)全国证券经纪商协会自动报价系统,即我们常说的"纳斯达克"。
③ 道·琼斯平均股票价格指数。

境感到担忧。离开买卖眺望世界股市，有时觉得人类好像是同一种人格。

连休很无聊。打算上街看电影，却又没有特别想看的片子。天气晴好，到阳台上一站，微微秋日香气随风飘来。寥廓的天空有几缕像毛刷刷出来一般的细长的云絮。待在家里太可惜了，决定偏午时分出门。路上吃罢午饭，徒步走到涩谷。我知道这里不是星期日来的地方。平时都想尽量避开这里。

药店前面有个身穿红色衣服的揽客员。照相馆的喇叭声吵得要死。对面走来的人同我撞了一下肩，不耐烦的咂舌声从耳旁掠过。但双方都没回头，径自走过。人人都不管不顾地走着。撞上也罢踩别人的脚也罢，一切听之任之。之所以没导致争吵，恐怕是因为大家都在微妙处避免接触。这样的人群不再是人，而像是其他生物。这么多人在这嘈杂脏污寒碜的街上寻求什么呢？不说别人，自己又到底是来这种地方干什么的呢？

为了避开人群，我转了几家唱片店。准确说来，也许该说是"CD 店"才对，因为实际上摆在那里的几乎全是 CD。或者说即使模拟或数码产品也可以说是"唱片店"不成？看来人世越来越变得莫名其妙。进入 HMV[①] 和 TOWER 唱片店[②] 试听间的 CD，哪一种都没什么意思。无论纽约、伦敦还是东京都同样走红的 CD，以股票品种来说，无非是"微软"和英特尔之类。适合所有人，却索然无味。

买了几张前不久出的而没买成的 CD。进口的即使同样 CD 也一店一个价。花几百日元得到便宜货，自然有占便宜之感。货币真是个不可思议的东西。工作中驱使以亿为单位的钱，现在却为数百日元之差而或喜或忧。货币本身是抽象的，若不用于具体商品的购买，就无法实际感受它的价值。而一个人所需商品又是有限的，所以超出一定限度的钱就失去了意义，愈发成为抽象存在。

金融即是在这种抽象性基础上发展起来的。正因为是抽象物，才能成为交易对象。从事金融工作

---

① His Mater's Voice 之略。英国 EMT 集团的唱片销售连锁店，1921 年设立，遍及全世界。
② 东京大型唱片店名。

的人恐怕没有人将货币看成交换价值，货币仅仅是货币，财富仅仅是财富。自己有时为此生出深不可测的惧怵感。在进行多于通货供应量几十倍的交易的这个世界上，发生任何事都无足为奇。甚至觉得引发地震的地下能量已经达到临界点。

我在 Book First[①] 买了几本书，然后在咖啡馆喝着咖啡挑着浏览。其中一册是一位美国金融记者写的关于风险管理的书。依作者的说法，risk（风险）一词来自含义为"勇敢尝试"的意大利语。勇敢尝试……结果或赚或亏。可是，任何人都想大赚特赚而尽量不亏。书中设想了种种驯养风险的方法。正规分布之结构和标准偏差之概念差不多三百年前就被发现了。用这些手段将风险量化，预测将来出现的情况，组合几种选择。这便称之为风险管理，我们干的事与此没什么两样。

自然界每每出现所谓"回归平均"现象。例如，最高身高组的父母的孩子倾向上固然比其他孩子

---

① 书店名。

高，但比父母低。我们因之得以避免无限长高。股市方面也有许多研究人员支持"回归平均"原则发挥作用的说法。具体说来，股价往一个方面的过度倾斜将引起"回归平均"，继而诱发往相反方向的过度倾斜。亦即，被过分看涨的品种肯定下跌，被过分看跌的品种肯定上涨。因此，任何一种股票投资的入门书上都会这样写道：股市在数月或两三年期间内是危险场所，但在五年或五年以上期间里遭遇实质性损失的危险性则变小。

长期投资的确会使我们变成富翁。如果在长达三五十年时间里不屈不挠地持续保有自己的股票，人们都会变得幸福，无须我们操心。问题是，实际上很多投资家拘泥于三年或几个月这种短时间的理财实绩。评估公司打分一般也以过去三年时间的表现为基准。至今我仍不明白何以如此。

在咖啡馆看了一小时书，之后出门离开。在"东急"百货商店的食品专场买了晚饭材料，搭出租车返回住处。我这一天终归干了什么呢？在唱片店买了CD，在书店买了书，在咖啡馆喝了咖啡，在百货商店买了副食品。没给任何人添麻烦，没同任何人说话（除了"给我这个""谢谢""咖啡"几个词以外），以微不足道的消费行动满足了自己的欲望。星期六是无聊的。在电影院只放映好莱坞装神弄鬼的科幻影片的时候，如此消磨时间即可。

回到家，一边听刚买的CD，一边慢慢看没看完的晨报。上面有则报道，说一个美国男人仅靠因特网关在家里生活了一年。买东西通过网上购物送上门。不但购物，包括爵士乐巡回演奏和医师诊断在内的所有生活需要都通过因特网解决。完全可以称之为圈养鸡式的便利性。闭门不出而无所不能。人类终于从狩猎采果阶段到了这个地步。没准就连吃饭和生殖都无须面对他者的那个时代都将到来。能够用遥控器和鼠标控制整个环境的世界。看来，高科技这东西偏爱懒得不能再懒的人类。

吃罢简单的晚饭，正为明天的会议整理资料时，大学时代一个朋友打来电话，告诉我过去一起登山的同伴死了。

"事故？"

"不，病死的，听说是癌。不知道？"

"一无所知。一个那么壮实的人！"

"胃癌。"对方淡淡地说，"前年检查还正常，一年后就到了晚期。不知是发展太快，还是做检查的医生看漏了。"

"变幻莫测啊！"

"癌是查不得的。不是查不出，就是查出时晚了，非此即彼。"

"一塌糊涂。"

停顿片刻。

"今晚非正式守夜，明晚六点开始正式守夜。"他事务性地继续道，"葬礼定在后天下午一点。葬礼不习惯，打算参加守夜。你怎么办？"

"那，我也去守夜好了。"

他告以守夜场所的名称和位置。

"对了，工作如何？赚了？"关于故人的话告一段落，对方问道。

"啊，多多少少。你呢？"

"想一死了之。"

"焦头烂额？"

"算是吧。见面慢慢聊吧，还有必须通知的地方。"

"啊，倒也是。"

放下电话，我开始考虑打来电话的这个朋友。他叫波佐间，虽不在一个系，但在登山部亲密交往了四年时间。他的家族在川崎经营一家上市的建筑公司。大约祖父是创业人，父亲当总经理。他本人大学毕业后，经过美国留学进入客户一家大企业，几年后转入家族公司。由理事而常务理事而副总经理，走的是作为接班人的既定路线。只是，公司方面数年前出现空前的经常性赤字之后，由于作为主力的品牌工程的一蹶不振，减收仍在持续。电话中半开玩笑说的"想一死了之"，想必就是指的这个。

接着往下想死去的朋友。他叫村上，同在登山部来着。毕业后进入一家外资商贸公司，常驻欧洲。同互相出席婚礼的波佐间不同，毕业以来和村上一次也没见过，差不多只是互致贺年卡那样的关系。

尽管如此，他的死还是给我带来轻度震撼。那大概来自自己也可能像那样死去这一担忧。的确，在年龄上死于癌是有些早，可我们毕竟正朝理所当然的年龄稳步接近——情况叫人忧心忡忡。

不过，这种担忧又同此次得以幸免的释然连在一起。死的是村上，不是自己。他的死这一现实亦是对自己的死的否定。这怕是一种心理性的资产负债表。

6

那家酒吧位于商业街外围一条小巷往里进一点点的地方。打开门,有一道感觉沉稳的锯齿形吧台,老爵士乐低声回荡着。除了刚开始老的老板,还有两个年轻的调酒师。看情形波佐间常来这里,和老板亲热地相互寒暄,让年轻的员工拿出自己单用的波旁威士忌,兑水斟上,我则要苏打水兑酒。

"我们也到了为同学守夜和参加葬礼的年纪啊!"他把琥珀色酒杯举在眼前深有感触地说,"来年四十?这样子下去,一忽儿就五十。"

"差不多会有人叫你总经理了吧?"

他显出苦涩的神情,含糊应道:"啊,会不会呢……"

后来有新客人进门,酒吧里多少热闹起来。波佐间似在倾听正在放的音乐。

"二十岁左右那阵子,以为四十岁的人相当成熟来着,"他停了停,"以为三十岁都已是像样的大人。而自己到了那个年纪,却总有些心里不踏实,有时甚至以为自己还是孩子头。"

"这个时代长大也难。"

"听你那么说,心里还多少好受些。"

"什么都变得简单明了,没有必要长大。大家都不长大,直接变成老人。"

"没准像村上那样赶紧死了才够明智。"

那天,守夜从傍晚六点在町屋一个殡仪馆开始,我晚到了三十分钟。经已念完,村上的妻子正代表亲属致辞。不久开始上香。我跟在队伍后头向故人告别,对夫人简单说了几句安慰话。走出守夜场,波佐间正在电梯那里等我。

"除我俩好像没熟人来。"他说,"本以为会有几个人来。"

"都不在城里了,不少人恐怕赶不回来守夜。酒井倒是说他参加明天的葬礼。"

"再多几个人,就可以借机开个同窗会了!"

为了便于波佐间回横滨自己家，准备在涩谷附近简单吃点喝点。离开守夜场时我就打算往下由他主导，波佐间首先提议离开而走出头一家饮食店时，我以为该是约定近期见面时间分手的时候了。不料他拉住我不放，说有一家店即使穿葬礼服也能进去。说罢在九点过后仍留有白天暑气的街头率先走了起来。

"太太可好？"年纪谈完后，他这样问道。

这回轮到我露出苦涩表情了。

"没说过？"

"什么？"

"和老婆分开了。"

"回答深得要领，却是为什么？"

"要我扼要回答？"

"用二百个字说明离婚原因有难度？"波佐间一口喝干杯里剩的威士忌，又要了一杯。"什么时候的事？"

"六七年了。"

"换公司呢？"

"在那以后……瞧我,只说有利的部分了。"

"同搭档分手的事,用不着张扬的嘛!"

年轻调酒师把威士忌放在吧台上。

"不过也够意外的了。"波佐间没把拿起的酒杯送往唇边,"以为一帆风顺来着。"

随后,他一下子换了话题:"对了,政府好像说经济该起死回生了,你是专家,看法如何?"

"所谓专家,不过是股票玩家罢了,不敢就经济夸夸其谈。"

"是基金经理吧?"

我递过名片。

"想象成大型证券公司什么的可不好办。"

"乔治·索罗斯的公司叫什么来着……量子基金?"

"所以说不是那种套头交易基金嘛!"

波佐间含了口威士忌。虽然算不上大口小口,但入口频率仍相当快。我的波旁苏打水还没下去一半。

"我不知道索罗斯那么受人尊敬。"说着,波佐间现出困惑的表情。

"怕是因为从事慈善活动吧?"

"不,不然。索罗斯受人尊敬,不是因为他向东欧的高中赠送了电脑。他是因为赚了大钱才受尊敬的。问题是,赚钱就是那么伟大的事业不成?"

"天才!一如达·芬奇和爱因斯坦。"

"他发明了新的赚钱方法?"

"也不是有什么新义。倒是通过杠杆作用驱动巨额资金,但干的事和过去的股票商一个样。总之就是故弄玄虚……因为什么被尊敬的呢?"

波佐间笑道:"反正大家都注意他的一言一行。我刚才没说量子基金?"

"的确听见了。"

"你能相信?连日元和美元兑换率都稀里糊涂的人也晓得索罗斯的公司名称。他究竟是什么角色?二十一世纪的救世主?"

"一旦在华尔街投资失败,人们好像不说 Jesus Christ[①],而是仰天叹道乔治·索罗斯。"

[①] 表示吃惊、愤怒的俗语。天哪,糟糕!

"说谎吧？"

"说谎。"

"谢天谢地！若是真的，我真不想在这个世上活了。"

波佐间依然快速喝着威士忌。我喝一杯的时间里，他的杯子斟了两三次。本来就能喝酒，怎么喝都面不改色，舌头也不失灵。但我还是对他的速度之快有点放心不下。杯子里的水几乎没碰。若用啤酒来代替水，那可就是不折不扣的酒精中毒症了。

"你那里怎么样？"

"指什么？"

"公司嘛。"

"再糟不过。若有什么能赚钱的 derivative[①]，给我介绍介绍。"

波佐间以平淡的语气讲起公司重建计划。年度末以他为核心，制订了以重视老品牌的维护和扩大高科技领域的业务等为支柱的经营计划。

---

① 泛指金融派生商品。

"虽说是家族公司，可是我也好父亲也好都没进入十大股东。整个股票的两成控制在作为客户的一揽子承包商手里，情况实在可悲。父亲似乎打算让我接班，但在股东大会上，父亲倒也罢了，而对我，就连我作为经营者的资质都被受到严厉质疑。为了说服股东们，只能提出平明易懂的对策。说彻底改革性对策固然好听，可内容都是整合子公司和裁减人员。也就是说砍掉员工来保自身。"

"哪里都是这样，有什么办法呢！"我安慰似的说。

波佐间轻声哼了下鼻子："就是所谓global standard[①]吧？"

"啊，现在是有这么一种情形，无论什么，只要那么说就能获得通过。"

"对卡洛斯·戈恩你怎么看？"

"突如其来！"

"对第一次见面的人，我必定这么问：对卡洛

---

① 全球标准。

斯·戈恩你怎么看。算是测验纸吧。那么，你怎么看？"

"答得不好会立即绝交？"

"当然不会。采取成年人对策，例如尽可能不一起喝酒啦……喏喏，让我这么信口开河，可就越来越难回答了。"

"怎么看也不怎么看。"我说，"顶多现出食物纤维略有不足那样的脸色。"

"那也能当得了基金经理？"

"因此才当得了。"

"或许。"

波佐间啜一口威士忌，扭歪嘴唇。

"近来我也以我的方式考虑了很多。"他说，"股份公司这玩意儿，在存在论上到底是错误的，我想。"

"话可是够大的了。"

"说起正论，话自然变大。"

"愿闻。"我笑道。

"说到底，将卡洛斯·戈恩那样的家伙视为什么理想的经营管理者,简直笑掉大牙。是的,大量裁员是会使股票上扬,作为股东那样做未尝不好,经营管理者也暂且舒一口气,所以才千方百计压缩规模和裁剪人员。可问题是,公司并非是让股东赚钱的东西,至少不是首要目的。我很想说:连务工人员的生活都不能保证,那还算哪家子公司!"

"确是正论。"

"是的吧?"他咧嘴一笑,"企业业绩改善,是裁员和压缩规模的结果。以更大的视野考虑,不外乎把保险和退休金方面的负担推给了国民——就像搜刮民脂民膏中饱私囊,难道不是?"

"我可是越来越觉得像是同代代木①方面的政治家交谈了哟!"

"那些小子能说得这么乖巧?"

"我想这不大像是公司的经营者说的话。"

"啊,我自己也晓得问题就在这里。"波佐间长

---

① 地名,位于东京涩谷区,多有政府机关。日本共产党总部亦在这里,此处应为日本共产党的代称。

叹一声,"反正今晚喝酒好了!虽说喝也解决不了什么。"

酒吧里放了一张令人怀念美国过去美好时光的女歌手的唱片。看板架上的唱片封套,可以认出《和LEE WILEY[①]度过的曼哈顿之夜》字样。

"秋天不去登山?"我忽然想起问道。

"山?"他露出往远看的眼神,"时常登山?"

"很难说是登山。"

"登中老年之山吧?"

"年轻时,反正只要高就行,对吧?"我征求同意似的说,"眼睛只盯在三千米高度的山和困难路线。但随着年纪的增长,高度和难易度就不再是问题了。总之是想登没人去的安安静静的山。甚至觉得那才是登山的真正乐趣。"

"常说山会逃走——迟早要爬一次那座山,想着想着山越离越远,如此几年过去。那期间又是工作又是结婚,人走我随的路线。"

[①] 上世纪四十年代纽约夜总会白人爵士乐女歌星。

"所以才登中老年之山嘛，追赶失去的梦。"

"可你看嘛。"他隔着衬衣抓起肚皮，"还能登的？这都什么样子了！顶多在高尔夫球场转转圈。差不多一坐一整天，去哪里都坐车。"

随后他注视我的腰围，"你也蹲办公室，身体却还紧绷绷的。"

"看外表看不出来，其实内脏的脂肪也很成问题了。"

"像是。"他诧异地眯细眼睛，"不过，背着帐篷和睡袋登山的气力，我想怕是没有了。"

"如今路线方便，稍登几步，就会登到相当高的地方。支帐篷嫌麻烦，利用登山小屋就是。"

"别诱惑我了！"

波佐间摇晃杯里的冰块，仍好像犹豫不决。

"怎么样？我来做计划，咬牙去一次嘛！"

"登山鞋好像得新买一双。"

"那就定了！有特想去的地方告诉我。"

"全交给你。只是，你可要有领风湿症或心脏病患者爬山的打算！"

7

起居室的音响装置低音聚拢不起来，于是把音箱的落地座换成了铸铁的。这样，非电声低音自然改善了不少，但仍不令人满意。店员劝我换的一米两万五千日元的电源线，这次就不考虑了。价钱倒也罢了，所以下不了决心，主要是因为担心换了线而音质却没改变，白折腾一场。

音乐发烧友中有人煞有介事地说西日本[①]比东日本[②]的音响装置音质好，证据是有仅仅十赫兹的频率之差。对于英国音响装置的音质之好，任何去过英国的人都承认，有的音响评论家把原因归于家庭用电的电压。顺便说一句，英国的电压是

[①] 日本列岛的西半部分，以大阪京都为中心。
[②] 日本列岛的东半部分，以东京横滨为中心。

二百四十伏。和喜欢音响装置的客户喝酒，对方有时质问是谁把我国的电压定为一百伏的，为此谈得热火朝天。大概是明治某位元勋……不过恐怕还是引进高价电源线才对。

听什么都没滋没味。换落地座也是因为这个。原以为音质好了，音乐也会听出味道来，然而依旧无法把心情集中到音乐上。耳边流淌的不过是悦耳的动静罢了，就像在无聊的宴会上为打发时间而送入口中的味道寡淡的掺水威士忌。原因我很清楚：既怪不得频率又怨不得电压，是听的人的问题。

我知道，尽管外表举止一如往常，但自己心里有什么正发生变化。感觉上就像盛满水的器皿裂了一条细纹，不断有水滴落下来。莫非哪里出了重大过失？而且那过失此刻也在看不见的地方一如不反映在资产负债表上的亏损一样正稳步膨胀？时不时被无可名状的焦躁感弄得失魂落魄。尽管如此，却又弄不清原因抓不住实体。就像早上每次被推上满员的通勤电车却觉得上错车似的。不是奔赴哪里，而是浮在半空中怅怅地期待着什么——便是这么一种感觉。

每星期去医院看望由希一两次。她仍旧连着人工呼吸机，见面也说不成话。至多以眼睛回应我的话，极轻微地笑一下。短时间会面之后，我漫无目标地在医院里走来走去。不用说，触目皆是病人。尤其每次看见身患重病的小孩子们，我都产生一种怨天怨地的冲动。那被担架抬来的小学生模样的女孩儿想必接受了强力化学疗法，头发几乎掉光。同乘电梯的少年的左手肿得像大丝瓜。他们为什么得这样的病呢？得病的为什么必须是他或她呢？

大概生命科学会在遗传因子这一层面就许多疾病提出一个合理的解答。但是，那终究不过是病与遗传之间的因果关系。而对于为什么必须是他或她这一疑问的解答，恐怕仍是人所棘手的东西。我们姑且能够把握的几乎是唯一的解决方案，就是事先排除。比如在胚胎阶段通过检查排除掉。对于带重病的孩子，从一开始就不允许其出生。那样，像我现在看见的孩子们就会迟早消失。

一位临终护理权威说，哪怕再幼小的孩子都知晓自己的死期。果真如此，只能存活数月或数星期的孩子每天将是怎样的心情呢？十几岁就必然死于白血病或脑干肿瘤的人呢？背负连男女约会都约会不成的命运的人呢？无法想象长大成人的自己的人呢？想象不出将来职业和结婚对象而过一天少一日的人呢？……

倘若发生在像由希这样和自己年龄相近的人身上——这还算好的——那么尚可拉近距离多少想象得出，但对于孩子们的情况则全然弄不明白。明白的只是世上还有比由希更悲惨的人。或许我是为了确认这点在医院里走来走去的。

这天前来的沙织一进起居室就站在那里说道："今天什么也不想做！一开始就说清楚，免得往下不愉快。"

"那不至于。"

"好一个成年人的应对态度嘛。"

我把在厨房泡好的咖啡连盘子一起端到餐桌上。

"有什么有趣的事？"我问。

"有趣的事近十年来一概没有。"她冷淡地回答。

"听你这语气，好像多少年没见了。"

"抱歉，工作上出了点烦心事。"

她简单说了事情的经过。

"无论口头上说得多么进步，可心里还是嘀咕女人就该笑眯眯端茶送水才是——就是那样的地方。自己倒不愿意说，可我确是个不知天高地厚的女人吧？"

"是的吧。"

"不对？"

"啊，因为那些家伙怕是不知道床上的你的。"

"今天说定不去那里了。"

"不是那个意思。"

我往自己杯里倒了第二杯咖啡。沙织的咖啡仍剩在那里。早已熟悉的香水味隔着餐桌飘来。

"上次见是什么时候？"她问。

"上个星期五吧。"

"啊,是吗?"

"你说第二天一早就有事,没住下,回去得很晚。"

"想起来了。有个紧急采访,关于捕捞金枪鱼的人的。因为那天下午要出港,所以匆匆忙忙去找。不过蛮有意思,当时说的。说一直跑到南大洋那里。"

"跑去捕金枪鱼?"

"所以半年才回来一次。提出采访时倒是答应OK,但很难抓到……反正他们对金钱的感觉有点儿异常。说异常倒有点儿那个。"

"和我们不同?"

"说腰揣一捆钞票去玩,感觉就像宁可倾家荡产。有一百万花一百万,一个晚上就花得干干净净。"

"了不起!"

"那不像招待股东似的?"

"像不像呢?……"

"上了陆就没办法不大手大脚,那些人笑道。

但由于有渔业协定问题什么的,不可能总在海上。水产厅命令船主一定期间必须上陆。这才得以听到许许多多趣闻。他们说南大洋一带也污染得相当厉害,海水都臭了。"

"现场证言。"

"心想这个话题会讨环境保护团体欢心,正转动摄像机听的时候,突然讲起别的话题。什么在开普敦进港后找女人从不戴避孕套啦等等,要我别把这种话掺进关于海洋污染和臭氧洞的话里去。事后剪辑很费工夫。"

"那伙人每次进港都放荡不羁,么就是说这座城市的 HIV^① 阳性反应者比例相当高的吧?"

"过不多久,说不定挂起厚生劳动省或什么部门的'HIV 阴性反应者酒吧'认定证书。从在南大洋捕捞金枪鱼那些人看来,多少年后发病都不知道的病怕是担心不过来的。一回出海要死多少回,暴

---

① Human Immunodeficiency Virus 之略,免疫功能不全病毒,艾滋病原体病毒。

风雨中险些沉船,作业当中遭遇事故,有的同伴甚至被钓鱼钩扎在胸口上扎死。"

"和死为邻的活计!"

"一点点伤或食物中毒都可能丧命,毕竟是在距医疗设施完备的医院几千公里远的大海上作业。正听得不胜感慨,身旁坐的一个人说起高利贷缠身的事来。那种人是给债主送上船的,结果被老船员来个鸡奸,苦不堪言。听得我很想说自己可是女人的哟。这种情况算不算性骚扰呢?"

"是你想要听的吧?"

"倒不是想听什么鸡奸。不过心情不难理解……是吧。你怎么样?"

"指什么?"

"清一色男人坐一条船,时间长的时候多半年都不上岸。"

"所以问指什么?"

"觉得男的也可以?"

"哪里。"

"还是得女的才行吧?"

"可能。"

"你莫不是在搞话语节能?"

"也不是想把自己的人生弄复杂才好。"我辩解似的说。

"知道知道。"波佐间豁达地应道,"任何人都想活得简简单单。问题是人生从来就没简单过。"

为村上守夜过去半个月了。波佐间因公事从位于川崎的公司进京了几次。傍晚七点左右碰头,在适中的餐馆喝着啤酒吃点东西,然后像往次那样转往他常去的酒吧。

我向波佐间讲了由希和沙织的事。想必是想找个人一吐为快。对我和女性的关系他几乎一无所知,更没见过她们本人,作为诉说对象再合适不过。

"起初助人为乐的心情我想也是有的。觉得如果能为除了移植器官别无希望的同学做点什么当然很好——蛮有侠肝义胆的。"

"睡觉不是目的吧,和那位妇人?"

"向天地神明发誓……政治家被传唤作证的时

候是这么说的吧?"

"碰巧可以在这个病弱女人身上得手——没这么想吧?"

"真的没有。"

"相信好了。人活着并非仅为面包……就算和面包无关。"

波佐间一如上次,以相当快的速度喝着加水的波旁威士忌。我则像喝加水威士忌一样喝着 Guinness 黑啤。

"对于在金融市场投机我从未认为有违道德。"我说,"也不认为运用金融知识根据对世界政治经济动向的判断进行投机仅仅是赌博。我们是和医生律师同样的专业人士,按劳取酬。"

"天经地义的权利。"

我啜一口 Guinness 继续说下去。

"只是,在使用连网的终端电脑每天鼓捣大笔资金的过程中,活着的感觉变得莫名其妙也是事实。"

"似乎不难理解。"

"怎么说好呢……"

"慢慢斟酌。"

波佐间竖起食指,示意调酒师上酒。调酒师明白客人的小动作,点点头。

"只消这么竖起指头就能沟通,你不认为很好?弄出厚厚一打文件并进一步详加说明……我们工作的大部分岂不就是这样子的?"他停了停,"本来是想诱使你说我才说的,可说起来反而打断了你的话。"

少顷我开口道:"钱这东西,其本身是十分抽象的。对赚得的金额患得患失只限于最初一段时间,一旦习惯了,差别不过数字旁边排列几个零罢了。"

"不愧是基金经理,财大气粗。"

"不,那不是的,我只是说摆弄钱的空虚感。"

"啊,鄙人明白,继续下文。"

"由国际金融吞下去的钱,既被借去破坏热带雨林又被借去发动战争。钱好比在世界这个身体来回流淌的血液,我们仅仅在发挥其中一个阀门的作用。这样一来,势必质疑自己是在干什么。"

"无须介意。我们几乎所有的工作都在间接地剥削发展中国家的人们,自以为是创造的,不过是盗窃作为罢了。买卖这东西,基本是这么回事。"

"我说的不是道德。"

"啊,是的。你可是忘了你是个铁石心肠的基金经理哟!"

调酒师把又一杯调好的威士忌放在波佐间面前。他只是看着,好一会儿没动,就好像酒杯里藏有什么秘密。说不定在用这个办法调节酒量。

"上次提到索罗斯了吧?"我重开战火。

"记得。"

"他之所以想创立基金对东欧各国进行资金援助,恐怕是因为即使他那样的投资家也忍受不了仅仅和钱打交道的空虚感。"

"言之有理。"

"赚钱没有任何意义,好比考试取得高分。既然赚钱没有意义,那么工作也好为此掌握的技艺也好、甚至自己这个人都将失去意义。就是说……她可能像是对于索罗斯的东欧似的。拿索罗斯相比倒是妄自尊大。"

"那有什么,索罗斯也无非股票商,对吧?"

"倒也是。"

"总之,你想用和她之间的关系来弥补自身生活的缺憾。"波佐间终于拿起酒杯,"就像钙和矿物质。不料意识到的时候,已不再是微量营养素的问题了。不对?"

"对不对呢……"

"对的,毫无疑问。就是说成了主食,那位病弱者……说出名字可好?——说病弱者或需要移植器官者够麻烦的吧?"

"由希。"

"写什么字?"

"理由的由,希望的希。"

波佐间似乎在脑海里推出由希两个字。

"果然。那么,那位年轻女子……的名字?"

"年轻的算了。"

"光靠她填不饱肚子,就是说。"

"那种比喻不能适可而止?"

杯底剩的 Guinness 变得温吞了。瞧见空杯，年轻的调酒师做出轻轻歪头的动作。我手指酒杯，示意上酒。的确，这里是最好远离厚厚一打文件和计划书说明的世界。所以让波佐间尤其感到惬意，或许。

"听的人可是觉得够有艳福的喽！"

"可能。"

"打算结婚的吧，和年轻的？"

"迟早。"

"打算来个话语节能？怎么了？"

"流行不成，那个？"

"哪个？"波佐间放下端起的杯子，显得有些惊讶。

"同样的事被人用同样的说法说了嘛，被那个年轻的——'打算来个话语节能？'"

"我想也谈不上什么流行，巧合吧。"

"我也不是搞什么话语节能。"我略一迟疑，"老实说，觉得无聊了，对她的话。"

"若对我的话觉得无聊，就直接说好了！别玩什么话语节能。"

"以前没那种情形。头脑聪明,话也有趣。本来就该是为她这种地方所吸引的。"

"结果不知不觉之间以睡觉为主要动机了。"

"怎么说呢,倒是觉得未尝不可以那样说。也有时候纯属应付了事,半是出于义务感。"

"什么呀,那?义务感?这就告辞了,我。"

"大概是想向自己证明什么吧。"

"证明自己还干得来?"

波佐间把盛水的杯端到唇边。放回吧台时,里面的冰块放出轻响。

"像是有点儿醉了。"他说。

"差不多该回去了。"

"是啊。"

波佐间嘴里这么说,却把臂肘支在台面闭上眼睛。

"是《浪》吧?"他在说酒吧里流淌的音乐,"安东尼奥·卡洛斯·乔宾,他是不是也死了?"

"死好几年了。"

"去者日日疏……都要死掉的啊！"

乔尼·哈特曼唱的《浪》，慢得好像转动次数出错了。当然，因是 CD，不可能有那种事。不久的将来，"转动次数出错了"这样的说法很可能就讲不通了。

忽然，波佐间以醉中醒来的语声说：

"往后，人怕是要变成更吓人的东西。"

"怎么搞的，风风火火的？"

他没有回答。

"诺斯特拉达穆斯①的预言没有说中。"他像把话语投进又深又暗的什么地方继续道，"2000 年问题平安无事地完结了，谁都开始认为再没什么可怕的了。人把可怕的东西消灭了，而人自己可能变成无可救药的生物。觉得好像有极讨厌的事发生——奥斯维辛②像是牧歌似的那类事情。"

---

① Nostradamus（1503—1566），法国医生，星相学家。以预言诗创作和预言能力为王室器重。
② Auschwitz，波兰工业城市，二战期间纳粹集中营所在地。

我不明白波佐间那时为什么说出那种话。觉得奇异，又觉得有些乖离，但没有往深处想，也没有追根问底。不久，我们出门离开。两人都醉得相当厉害，只好各自搭出租车回家。相互像是说了一句过几天再见那样的话，最后好像还重新提起登山的事。

回到家，按老习惯在睡前查看电子邮件。不料有新邮件进来。公司同事和世界各地的证券分析家、投资家们来的，内容大同小异。看了几个，打开电视。

出现的是匪夷所思的图像。客机就像被什么吸附似的扎进大楼。机身像用小刀裁纸一般嵌入大楼墙面。刹那间，机头从大楼另一侧探出脸来，旋即被橙黄色的火焰包围，轰然爆炸。

我从冰箱拿出塑料瓶矿泉水喝了一口。电视反复播出飞机撞楼那一瞬间的图像。看着看着，被一种奇妙的既视感所俘虏，觉得一模一样的场景已经看过了好几次。我没办法想得更多，只顾怔怔注视电视荧屏。

第二章

1

　　同事们紧紧盯视显示屏上的股价,谁也没开口。就连平时好说俏皮话的佐佐木也脸色有些发青地盯视显示屏出神。这天,推迟三十分钟开盘的东京股市,日经平均指数一瞬间跌破一万日元。时隔十七年。谁都不记得十七年前的情形。对于二十多岁的佐佐木,更该是闻所未闻的事。

　　纽约股市已经关闭。电脑网络等基础设施不知受了何种程度的损伤。但是,因为银行办公室本身随着大楼的崩毁而荡然无存,网络终端部分肯定破碎不堪。既然银行之间或银行往FRB[①]输送的数据已经停止,那么股市只能封闭。美国政府表示尽快开放,但不晓得什么时候。从华尔街惨状看来,迅

---

① Federal Reserve Boad 之略,(美国)联邦储备委员会。

速重开股市在客观上是不大可能的。

办公室里,投资家们打来的问询电话一个接着一个。三个同事忙于应对,抽空往显示屏看上一眼。大家忙得团团转,任何人都一副茫然不知底细的眼神。我自身大概也如此。自己做的事说的话不伴有实感。感觉很奇异,就像现实与虚幻错综复杂地搅和在了一起。而且,原以为是虚幻的东西成了千真万确的现实。那么,现实——我们天天面对的"现实"又是什么呢?

新情报没有进来。一直没关的电视不断播放两架客机扎进大楼的图像和大楼崩毁瞬间的图像。那既是不可能发生的事,又是何时发生都无足为奇的事,莫如说是不能不发生的事,我觉得。最初给人以冲击力的图像,看过几次也见怪不怪了。毫无所感的心间所飘浮的,是不明所以的悲哀。至于那是不是我自身的悲哀,我不太明白。就连对什么悲哀都不清楚。有的只是仿佛到达终点的凄苦。

"好像挺悲伤似的。"沙织以同样的说法道出和我同情的心情,"刚看见双塔倒塌的图像时很害怕,但反复看过多少次之后,就渐渐感到悲伤了。是悲伤坐在飞机上的人,还是悲伤大楼里的人呢?觉得两种都是,又觉得两种都不是。"

我们是在外见面吃的饭,想找一个要好的人说说,但同时又清楚找谁说都排遣不了这无形的孤独。

"感觉好像世界和昨天完全不一样了。"她用筷子戳着盘里的菜说,"直到昨天世界还好端端的,就连美苏冷战都很有牧歌情调,现在想来。"

我默默端起老酒的杯子送到嘴边。她继续说下去:

"上初中的时候,看历史教科书觉得有些不可思议。第一次世界大战啦'满洲事变'[①]啦——看见那种战争的照片,脑袋里知道死了很多人,做了很多惨无人道的事……这个你可明白?"

"好像明白。"

"对到昨天为止的世界怀有一种乡愁,已经过

[①] 我国称九一八事变。

去了，完结了，好像成了历史教科书。总觉得一个晚上就上了很大年纪。"她扬起脸，"对不起，光说自己了。工作那边怎么样？"

"至少股市方面的人现在看上去还冷静。"

"因为同钱有关？"

"想必。"

餐馆的桌子几乎满了。人们像往常一样吃吃喝喝说说笑笑。这一来，我再次陷入感觉不出现实的心境中。位于这里的果真是人不成？觉得他们全都缺少"人"这一字眼所应附带的微妙感觉和情绪。他们超越性别和年龄差异，而给人一种纸币般平板和均衡的印象。或许在他们眼里我和沙织也是那个样子。

"God Bless America①的God是怎样的神呢？"她忽然想起似的说，"祝福特定国家的神，你不觉得一点儿也不像神？"

"本来神就有不像神的地方的。"

---

① 上帝祝福美国。God，神，造物主，上帝。

"她心目中的神和 God Bless America 的神是怎样一种关系呢？"

"哪方面的神都没人介绍给我，不晓得。"

她对我的玩笑没有任何反应，只是百无聊赖地注视着黑暗的窗外。这时间里，服务生把新菜端来。

"不知是谁写的来着：世界的成败取决于那个时代有没有真正正确的三十六个人。"沙织边说边把菜分到小碟里，"好像《塔木德经》[①]或什么书里写的。问题是，如果没有三十六可如何是好呢？"

对此我没有直接回答。"现在，恐怕全世界每一个人都觉得自己是被抛弃的人。"我说出自己的感想，"所以才格外求助于神的祝福。"

"想找个安全地方生育孩子，却哪里也没有避难场所，这个地球上无论哪里也……敌人看不见，战争永远没完。没有胜利没有败北，人们怀有的只有恐怖和憎恶。"

---

① Talmud，关于犹太教口传戒律的法典。

"过于悲观不大好吧?"

"找不到可以不悲观的理由。"她出声地嚼着黄瓜,停了一会儿。"我们怕是生活在比安妮·弗兰克①还不幸的时代,至少她还有希望,对吧?"

"就是说,这个世界已经让你绝望到不得不在安妮·弗兰克身上寻找乡愁了。"

"不对?"

"我想她有她的孤独和绝望,还有恐怖。这里的她,指的是安妮·弗兰克。在那种孤独、绝望和恐怖之中也还有一丝希望。"

"你是说我们也同样?"

"希望同样。"

简直就像塞着耳塞说话,无法确认自己讲的话传达给对方没有。觉得和谁也不相连,即使和眼前的她。每次向别人摇唇鼓舌,都有一种徒劳之感,好像不架桥梁就要往对岸铺桥板似的。

---

① Anne Frank(1929—1944),荷兰的犹太少女,二战中饿死在纳粹集中营,以《安妮日记》广为人知。

"结婚也不打算要小孩儿。"沙织说,"可以的?"

"可以是可以……怎么突然提起这个?"

"怎么也不怎么。"她长长叹息一声,"对这个谁都不能准确表述的吧?姑且被称恐怖袭击,但没有哪个人明白伤口有多深,会给将来带来什么影响。我们必须在不明不白和惶惶不安的情况下活下去。不认为在这样的世界上养育小孩儿风险太大了?"

"任何世界上养育小孩儿都有危险相伴。"

"我不是作为泛论说的。"

"知道。"

话突然中断,桌面上流过尴尬的空气。

"对不起。"少顷她以干巴巴的声音说,"好像有点焦躁。"

"不光你。"

又是泛论。

"觉得和自己这么位于这里一事格格不入似的。"

倒不如这么说才好:人正和身为人这点变得格

格不入。作为默契以为人只要处于"人"这一范畴内就绝不可能做的事已然成为现实。"人"这一字眼早已不再有任何理想韵味了,我觉得。

2

我们最怕的是美元在恐怖袭击影响下暴跌,外国股市陷入巨大混乱或整个股市彻底麻痹。不料,虽然事发当天美元被抛售,但后来开始反弹,本星期在较为平静的进展中度过了。当然,FRB和欧洲中央银行的介入恐怕也是有的,不过相比之下,股市人士之间产生不可思议的共识这点似乎起了更大的作用。也许出于类似恐惧心理的因素。全世界的投资家们害怕人们失去对美元这一基轴通货的信任,害怕以美元结算的体系出现危机进而导致国际金融市场的混乱。为此似乎达成了看不见的共同意见来保证美元不大幅下跌,同时不做非做不可的交易。

以前产生过几次的奇妙感触这次又产生了。通过金融来看世界,有时觉得这颗行星好比一个活物。

我们恐怕通过因特网和卫星网络而置身于同一共同体的内部，超越英语日语等民族语言而潜在性地置身于同一通用语言的内部。平时我们在此通用语言的基础上以各自的语言尝试沟通。在这一限度内，看上去每一个人都有自己的动机和欲望。可是，当极其视觉性的东西像此次恐怖袭击这样赫然出现的时候，网络上的全世界所有人都显现出令人惊异的共同反应。

我们首先显现的反应是惧怵。即便以这颗行星保安官自居的合众国总统也不例外。希拉克等人明确表示可怕。但共识很快开始形成。无论在政治外交层面还是在金融经济层面，要达到的目标都是秩序、和平与正义。全世界简直就像物理现象一样遵循同一法则迅速达到系统性均衡。其井然有序的动向，看着都让人不寒而栗。

纽约股市下个星期一就早早开盘了。想到灾难的严重程度，堪称惊人之举。我指示所有同事确认有关品种。乘客必然减少的航空方面的股票、须支付巨额保险金的平安保险公司的股票以及二次保险企业的大幅下跌是任何人都一想就明白的事。相反，国防方面和医药等股票必然上扬。这些不过是简单的加减法。问题在于企业间的相互关联和波及效应导致的股价走势。布什向国民强调"消费是爱国精神的发扬"。消费者若抑制消费，那么 GDP 差不多七成依赖国内消费的美国经济就运转不灵。重开股市，大概 FRB 就要有所动作，就要通过降低联邦基金利率和法定贴现率等所有手段致力于稳定股市。ECB① 也可能协调降低利率……我把这些话讲给同事听。

"也可能有托盘出现。"植村说。

"不管怎样，就算一时下跌，跌幅也不至于很大。"

"说不定反倒上涨。"佐佐木接道，"由于股市对策充满布什所说的爱国精神的关系。"

"投资家不那么傻的。"我说，"一般消费者在爱国精神的驱使下买的顶多是星条旗之类。股市是

---

① European Central Bank 之略，欧洲中央银行。

没办法靠爱国精神支撑的。上涨有上涨的理由，下跌有下跌的理由。"

面向投资家的网站持续发布信息，说即使纽约股市重新开盘也绝对不会暴跌和狂抛。判断我想是不错的。道·琼斯工业股票平均指数虽然跌破九千美元，但首日下跌处于预料范围之内。另一方面，主要工业国开始降低外汇储备中美元所占比率。金融机构投资者们开始重新考虑美元本位资产的比重。这已作为外汇市场美元抛售现象反映出来。

"较之投资家，问题更在于消费者吧？"在紧急召开的投资战略会议上，藤木质疑我提出的投资蓝图，"出于恐怖袭击的担忧，消费者心理无疑更加趋于保守。这点在你的蓝图中好像没有作为具体战略考虑进去。"

"差额利润由于利率下调而变大的消费者金融和信用货款公司、股价因恐怖袭击暴跌而使得评价下滑的保险业和传媒业——这些我正在注意。"

"那些嘛，全世界投资家都在注意吧。"他不无揶揄地说，"跟你说这个怕是班门弄斧，不过美国人通过401K①以股票赚取了养老资金,股票上扬自然没了养老之忧,所以减少了储蓄。但是,纽约已不再具有吸引全世界资金的磁场。从中长期看,可以认为世界经济将以美元疲软为基调向前推移。而美国股市规模一旦难以维持,那么储蓄率为零的家庭势必削减消费开支。这样一来,就有可能发生日本十年萧条这样的情况。日本的泡沫经济也好美国的繁荣也好,地方和股市固然不同,但在以资产膨胀为基础这点上是一样的。"

"我不认为美国会变得和日本一样。美国拥有通过放宽限制而在信息、生命工程、新材料、流通、医疗等领域进一步增加就业机会的能量。"

"这种话以后还能适用下去吗?这种新经济国家,同时也是世界最大的债务国。年年出现巨额经济赤字,可以说正在沦为生活破产者。出现赤字也能不存款而进行投资,是因为外面有资金流入。而

---

① 美国1978年开始实行的一种年金制度。大约相当于集资制(公积金制)养老金。加入者有权参与年金运用计划的制订、选择投资对象并监督其效果。

资金不流入的时候怎么办?"

不用藤木指出,我自己当然也正在就此考虑。国际金融市场已开始对继续以美国这一国通货为基轴这点怀有不安。资本总有一天从美国流出,或者抑制流入美国。一旦美元失去向心力,世界经济就将失去方向性而开始漂流。

最为容易理解的前景是,美国将一个接一个发动战争,用战时经济这个法宝以美国为中心重新整合世界经济。新保守主义那伙人说的总之就是这么回事。从经济角度读取布什主义,等于我们宣布把世界置于战时经济之下。否则资本主义有可能寿终正寝。

从根本上说,没有暴力,资本主义是无法存续和扩张的。如马克思分析的那样,资本所以产生剩余价值,是因为让劳动者从事了超过必要劳动的剩余劳动。然而剩余劳动时间的增加伴随体能极限。所以,资本为了继续保持自我增殖,就必须不断从非资本主义国家制造出新的无产阶级和劳动力。这就是资本主义性质的帝国主义、就是殖民地政策。

这一做法曾经伴随武力，如今则以钱为媒介在别人看来温情脉脉地进行，如此而已。

货币绝非中立的东西。它以其适于自我繁殖的方式改变人们的生活形态和思维，改变世界本身。所谓全球化，无非是力图在货币这一超宗教之下对世界进行重组的运动，原教旨主义是对它的抗拒。再概括得激进些，不妨说在全球化方面找出制胜机会的人祭起新保守主义大旗；相反，将其视为导致进一步受苦受难的元凶的人则皈依原教旨主义。

只要蕴含这样一幅构图，全球化的渗透就不可避免地使恐怖活动和纷争变成恒常行为。而为了实现所期望的秩序、和平和正义，美国军队就不得不愈发作为世界警察耀武扬威。日本的自卫队将以荣任世界警察远东支部的形式参加美国主导的治安维持活动。我觉得这几乎已成定局。新保守主义的政论家们开始主张：此次恐怖袭击证明民主党主导的抑制和封锁政策彻底失去效力。对于阿尔卡伊达那样不惜自杀式袭击的对手，抑制本来就无能为力。而且，从恐怖袭击的本质看来，反击对手的攻击这一做法早已依赖不得。为了保卫国民,只有先行攻击——找出可能施加危害的潜在威胁,在其到达国境之前予以摧毁。

为了维持本国和平而先行攻击他国。编造种种借口极力挑起战争。曾几何时,战争被视为旨在维持和平的消极活动。从今以后,倘若不将战争作为恒常行为接受下来,任何和平都将无从指望。纵然自己所在的场所风平浪静,也不能称之为和平。对于我们手中的"和平",也许早该看作战争的一部分,或视之为战争与和平交织的无法命名之物。

我想起沙织说的话。我们岂不比安妮·弗兰克还不幸!或许如此。她可以希求和平和自由,而我们连祈求和平的资格都没有。为什么呢?因为在这个世界上希望和平不外乎反过来希望战争。眼下的平静,是以眼睛看不见的他者的恐怖和痛楚换取的。和平是丑恶的东西,差不多和战争同样血腥,我认为。

3

看报也没有任何前景看好的材料。世界经济开始带有通货紧缩色调，放松到接近零利率的各国金融政策没有达到预期效果。棘手感很快在投资家之间扩展开来。有的经济评论家指出甚至有可能发生世界性经济恐慌，而不仅仅限于日美同时萧条。

美国发动了在任何人看来都愚蠢透顶的报复阿富汗的战争。我们则开始估算这场报复性战争的经济效果。恐怖袭击也好战争也好，都会产生股价因此上扬的企业。所有的基金经理都把它们一一列在表上，开始在脑袋里构思重新搭配股票品种或批量买进。这样，我们就成了那个毫无知性可言的人，成了那么唾液四溅地谴责恐怖行为而公然打响以"自由"和"正义"为目的的报复性战争的人的帮凶，为搜刮顾客的钱财而忙得团团转。

"真的开始了！"傍晚往公司打来电话的波佐间一开口就触及战争，"不过这战争也够奇妙的，同一军队，不光扔炸弹，还扔药品和食品。作为阿富汗人，怕是搞不清自己是被攻打还是被保护、是要被解放还是要被镇压。"

"作为我们也看不明白。"

"就是说大概一切都被复杂化了。"波佐间事不关己似的继续道，"可以照单全收的一样也没有。"

"战争本身正变得似是而非。"我说，"同一军队既扔炸弹又扔药品食品——这样子早已不能称为战争。"

"不是战争又是什么呢？"

"一份报纸的社论写道是行使联合国宪章认可的自卫权。不但报纸，国际社会也似乎想在乃是对于恐怖袭击这一无法无天行为的惩罚这点上达成妥协。即使为了这点恐怕也必须空投救援物资。但为了取那些空投的救援物资，必须步行穿过好几公里埋有地雷的沙漠。对这个报纸倒好像不怎么报道。"

"啊，报道那玩意儿是为了同现实状况妥协才存在的嘛。"

"或许。"

交谈中顿片刻。之后提起其他话题。

"近来看的一本书有点意思,一位古生物学家写的关于生命史的书……内容可想听?"

"即便我说'No, thank you'①,你也照样开讲的吧?"

波佐间笑道:"算是吧。"

"讲来听听!"

"宇宙年龄约有一百五十亿年,生命诞生以来有四十亿年。关于最古老的人类自是众说纷纭,但以常用的比喻说来,在表示地球历史的钟表盘上大概处于午夜前一分钟的位置。"

"怕是灰姑娘想起自己同继母的约定那个时候吧。"

"恐龙和旧石器时代的人类相隔六百五十万年也是第一次知道,于是我陷入了沉思。"少顷,他

---

① 谢绝用语,"不,不必的"。

继续说:"上小学时倒是看了《恐龙一百万年》那部电影。"

"那部电影我也看了。"我附和道,虽然不晓得他的话讲去哪里。

"拉克威尔·韦尔奇遭遇恐龙的镜头有吧?"

"记得……啊,是的是的。"

"那个镜头看得我胆战心惊,心想可怜巴巴的我们算是什么呢?"

我低低笑出声来,算是表示同感。

"联想生命漫长的历史画卷,当今世界各地发生的纠纷看上去总好像微不足道。"他不无诚挚地继续下文,"说是文明的冲突,可是基督教和伊斯兰教的历史,充其量不过两千年吧。至于以色列和巴勒斯坦问题,还不出五十年。较之生命四十亿年的历史,不过是眨眼之间。"

"的确。"

"纯属徒劳无益的想入非非。例如让古生物学家来调停复杂的民族纠纷和宗教战争如何?让布什和沙龙在卡纳第安·洛基或哪里一边找三叶虫化石一边清醒脑袋……"

"设想可能不坏。"

"除了不现实这点。"

我开始用圆珠笔在桌面上的便笺涂鸦。这是开始无聊的证据。但流势未能停止。

"心里某个地方恐怕还是信赖美国这个国家的。"波佐间以懒洋洋的语调继续话题,"虽然这个那个抱怨多多,但还是乐观地以为最低限度的良心和理性还是具备的,至少比日本的政治家好些。但就是这个美国变得莫名其妙了,说失去平衡了也好,总之几乎没有反战的呼声。"

"对布什的支持率,真有点难以置信。"

波佐间在电话另一头点头继续:"说到底,你以为美国国内投布什票的家伙有多少?往最多里算也才占有选举权的人的半数,实际上要少得多……问多少次也从未真正理解合众国总统选举是怎么个体制。"

"我也差不多。"

"我想说的是,六十亿人类之中投布什票的家伙不过占极小极小的百分比。和佛罗里达州的戈尔大约只差五百票吧？但选举中胜了就是所谓总统，加之碰巧是美国总统——仅凭这一点就好像全人类代表似的不可一世。这一来，人们就要问民主主义这东西所反映的到底是谁的想法？是无限正义还是什么我不知道，布什可是真要把全世界拖入永久战争的。"

"而他本人战死的可能性几乎是零。"

"一点不错。"波佐间略一停顿，"未尝不可以说是仅为他一人之故。当然未必是他一个人的责任，但作为人之常情，难免心想若是多少有点见识的家伙当总统就好了。"

"阴差阳错是他。"

"是的，阴差阳错……或许不如认为就那么回事。"

"那么回事？"

"说'是'的民主主义。民主主义所带来的是若干选项中最糟的东西，好比收视率优先的电视节目。沟通方法上有没有问题我不明白，反正取决于多数结不出好果子。"电话线另一端传来点烟的声音。吐罢吸入的烟,他接着说下去:"民主主义和股份公司——到底是万恶之源。只要这两样不从地上消失,世界就好不了。"

"听你这么说,觉得真可能那样。"

"保准那样。"

我蓦然想他怕是喝酒了。看钟,时针已过四点半。太阳虽然还高,但开始喝酒也差不多可以了。想着想着,发觉想酒喝的可能是自己。

"如果方便,不一起吃饭?"我试探道。

不料他好像有些歉疚地答说今晚不大合适。"有安排了,应酬!因时间空出来,就打了这个电话。添麻烦了?"

"哪里。"

话出现空当,往下本应约定下次见面时间。但在听他讲的过程中,我开始有了不吐不快的感觉。

"到底看不顺眼啊!"我不知趣地老调重弹。

"对布什?"对方的语调已带有安慰意味。

"布什也好美国也好联合国也好日本也好,一切的一切。"我像吐出一直克制未吐的东西一口气激动地说,"美国的空袭无论谁看岂不都毫无道理？然而恐怖袭击是恶、空袭是正义这一不伦不类的逻辑大行其道。各国所以支持美国，总之是想站在欺负者一方以免自己受欺负。无论小泉还是布莱尔都一副胆小鬼的窘态。说起来，所谓人道战争所谓和平军队到底算是什么？布什之流或许是那样认识美国军队的，但由和平军队进行的人道战争云云，岂不令人作呕？人被杀害了还有什么人道可言？无论找什么理由都不可容忍。NGO[①]也面目可憎，和耶稣基督会[②]有什么区别？先进行人道支持，紧接下去就开始经济侵略，不是吗？在这个世界上，善已沦为丑恶的东西，根本不可能有什么不被任何人指脊梁骨的善……有什么不对头？"

"啊，一点点。"

---

① Nongovernmental Organization 之略，非政府组织。
② Societas Jesu，天主教修道会之一，创立于1534年，拥有纪律严格的准军队组织，力图收复宗教改革造成的失地，亦热心向东方传教。

"什么?"

"原来你竟是这么讲伦理的人!"

我默然。

"你恐怕是世界上最讲伦理的基金经理。"他说。

"那是对基金经理的偏见。"

"未必不是。"

看样子他并未理解。

"我倒认为是普通人所具有的普通感觉。"我没掩饰语气中流露的不快,"眼前接连发生这么荒唐的事,愿意不愿意都不能不讲伦理。不是我变了,是情况变了。"

"不,不然。"波佐间格外斩钉截铁,"是你变了,里边有女人影子。需要移植器官的女子……是叫由希吧?是她的存在把铁石心肠的基金经理奇异地变成了执着于伦理的人,我猜想。"

"离奇的借口!"

"是吗?"

这回轮到我不理解了,遂缄口不语。

"也罢,过几天喝一杯去。"少顷,他改变语气收场,"骂一通布什消消气。"

"不大可能让人欢欣鼓舞。"

"欢欣鼓舞对我们好比一种传奇。"

在床上一闭眼睛,飞机扎进大楼那一瞬间的图像倏然闪出。我开始考虑被劫飞机上的乘客。恐怖分子挟持不巧同乘一架飞机的人不由分说地向大楼扎去。用无关的人杀无关的人。这就是我们生活的世界的现实。

因了仅仅一次的恐怖袭击,整个人类就被阉割了。当然,这或许是位于日本这一场所从事金融业之人偏颇的看法。但是,至少从股市这一相位观察世界,不难看出攻入我们生存秩序的这一突发暴力使得人们的欲望明显萎缩。谁都好像感到无可奈何,觉得只要平安活着就应满足。为此任何不自由都甘心忍受。甚至压制眼下都叫人心里舒坦。

我们也许正陷入一种恐慌状态。一人叫喊,全世界一齐随之叫喊。似乎全都吓得大气不敢出。谁也不再相信自己的力量。唯独竭力回避破灭的僵直欲望笼罩着世界。一切都是客机扎进大楼那幅图像造成的。

美国打算招募同盟国建立全球保安体制。英国最先报名，日本慌忙跟上。法国和俄国固然把本国利益放在天平上称量，但结果上势必承担以美国为盟主的保安体制的一角。此乃美国主导下的自由贸易主义的另一面目。

冷战结束以后，美国作为可以掌控国际正义的唯一权力得到承认，联合国自不用说。就连 IMF[①] 和 NGO 也要求那个国家在世界秩序中承担核心职责。其权力中枢受到攻击，掌控正义的主体本身正在失去冷静。因意外遭袭而血冲头顶的超级大国发疯一般开始了空袭，而联合国予以支持。对于安南获诺贝尔和平奖的闹剧，国际社会看上去丝毫不以为耻。

无论往世界什么地方看都找不到善和正义。力

---

① International Monetary Fund 之略，国际货币基金（组织）。

量万能的结构、强有力者专横跋扈的体制扩展到天涯海角。干什么都被允许。无论去哪里杀多少人，联合国都给予支持，国际社会都加以默认。如此不寒而栗的世界即将不声不响地赫然登场。我们的生存即将落入军事经济政治纵横交错的密密实实的天罗地网之中。生存其中的成本被计算出来，被在全球范畴中规定、分配和交易。

不妨设想一下在沙漠中作战的士兵们。无论其本人怎想，他们都要以自己的生命为食粮生产"和平"这一商品。从美国力图构筑的全球经济体制的角度看，未尝不可以说战争乃是劳动，战死属于工伤事故。如此生产出来的"和平"被课以附加值出售，谁都不能不买——当然是在接受由美国掌控的正义并对其带来的后果负责这一条件之下。只看"和平"这个字眼就可以得知它已不是纯净之物，一如当时之于安妮·弗兰克。它已沦为横跨军事、经济和政治范畴的极其注重实利且满身血污的东西。

我回想波佐间说的话，他说由希的存在使我变得讲究伦理了。也可能那样。在他眼里想必是那样的。以我的感觉来说,她是我最后的避风港,几乎是唯一可以让我藏身的场所。我无意以伦理面目招摇过市,只想待在自己应在的地方,这种心情很强烈。在她身旁,我可以让自己身上流移的时间悄然内敛,处于自闭状态。我和由希的关系使自己的生存勉强得以避开世界的劫掠。

4

低烧持续不退。因出现感染而用了抗生素。见效之后，开始逐渐降低输液的浓度，同时以自发呼吸和人工呼吸相结合的方式尝试摆脱呼吸机。但是，或许出于对撤离呼吸机的不安，由希不时发生严重的呼吸困难。也有时自发呼吸还配合不上呼吸机的节拍，引起被称之为 fighting[①] 的发作。发作十分厉害的时候，脸色发青，直让人担心她直接死去。

配备人工呼吸机的时间里，所有活动都必须依赖他人，对本人是莫大的痛苦。既是肉体痛苦，又是精神痛苦。尤其不得不把呼吸这一关系到生命根本的活动交给器械的时候，等于让自己暴露在

---

① 挣扎，抗争，战斗。

identity①的危机之中。由于意识早已清醒,这种痛苦也就格外不堪忍受。因此,当人工呼吸机撤下的时候,她说的第一句话就是"安乐死"。

"得这个病以来,没有一天不遭受死亡威胁。"由希细声细气地说,"每次都对自己说死并不可怕,就像睡着了一样。但有了这次这样的事,就又不明白了。那么苦不堪言,为什么还得活着呢!身体已彻底坏掉,却把感受痛苦的气力剩了下来。"

我默默等待由希往下说。

"怕!"她少见地直接流露感情,"怕同样的情况再次出现。因呼吸困难抬进医院,自己全然奈何不得。安上人工呼吸机,想说拿掉都说不成,甚至痛苦都不能表示。"

由希越说越激动,却又突然止步似的闭住嘴。话语中断后的沉默致使病房更加安静。

"能帮我吗?"她把视线笔直地对准我,"永江君,那时候能帮我一把吗?"

---

① 自我认同,自我确认,同一性,主体性。

"不能。"我躲开她的视线。

"为什么?"

"因为我不认为那能帮助你。"

由希的眼睛浮现出些许失望的神色。未几,自言自语地说:

"我也不是就想死,这以前一次也没想过。只是想去一个能好好呼吸的地方。"

"在我听来像是说想死。"

"健康人听来肯定都那样的。"

我觉得自己像被推开了,轮到我闭上嘴巴。

过了一会儿,她字斟句酌地说了起来:

"死已经不怕了。不是我嘴上要强,说来不可思议,对于死本身的恐惧如今已经没有了。因为就这种病来说,死好比终点。我怕的是死的痛苦……不是死的恐惧,是死这件事的恐惧。"

我默不作声。医院里一片寂静。也许是特殊病房的关系,附近连护士的语声都听不到。

"有什么不同呢?"我声音嘶哑地问。

随即,她像是说我问话本身问错了,以强烈的口气说:"截然不同!"继而说道,"死的恐惧属于心的领域。而若是心的问题,自己一个人就应付得来,也是必须由自己解决的。即使再难,只要花时间也可以一步步解决掉。"她停下来,仿佛验证自己的话。片刻,大概找到更加确切的说法了,重新开口。"与其说可以解决,倒不如说习惯了更合适。"她改口说,"心里挥之不去的东西,哪怕再花时间,也总有一天习惯。即使最初不快,也会不知不觉地成为自己的一部分,一如珍珠贝把小石子做成珍珠。多少年来,死始终在我心头挥之不去。即使不愿意想,即使用别的事情冲淡,也绝对不肯消失。稍一疏忽就钻到意识里边,结果只能想那一件事。长年累月,总是这样。所以早习惯了。死成了我的一部分,成了我自身。"

由希像调整呼吸似的停顿下来。

"可是,对于身体,自己就怎么都没办法。连呼吸都不能随心所欲。现在所感觉的,就是对于自己无法控制的事态的恐惧,就是对于自己一个人应付不了的痛苦不知该怎么办。身体的、物理的、直接的……"她扬起脸看我,"所以,那时候希望你帮助我。"

离开医院,我没有回公司,只管驱车前行。我握着方向盘自己问自己:为什么一定是我呢?由希为什么把那么重大的事托付给我呢?也许此外没有合适的人。总不好委托父母。莫非因为我和她之间的距离正适合帮助她自杀不成?而这样的我又到底算什么呢?

没有法律上的关系。固然是朋友,但朋友关系未免缺乏说服力。可又用不上恋人和情人这样的字眼。不是至亲,不是夫妻,恋人和情人不恰当,友人不充分……便是这种只能以否定式提及的关系。唯一能用肯定式表达的,不外乎适于帮助她自杀这点。不由得想笑,却又不是笑的场合。

细细切割开来的地块上,紧挨紧靠地排列着由涂着白砂浆的院墙围起来的住宅。整个街区呆板板没有表情,没有生活气息,感觉上似乎时间本身挥发一空。

"不知道该怎样对待自己，天天都像失魂落魄。"一次由希这样说过，"怎样把食物完整送进嘴里，怎样更换衣服，怎样克服日常烦恼，每一个都像是一种挑战。"也曾这样说过："既然不能控制自己的身体，那么至少能控制心情也好。通过控制心情避免让照料我的父母悲伤或难过。困难的是不知道在哪里划一条界线，分清自己能做的事和依赖别人的事。太远了不行，太近了也不行，这点很难。"

以我看，那已经不是一般的毅力了，足以让我联想起强韧而纤细的植物。从这样的她的嘴里发出但求一死的话语对我是个震撼。她便是绝望到那个程度。这一来，就连我的心也好像染上了同一颜色。

我一边在冷冷清清的路上驱车行进，一边向自己发问：为什么自己同由希交往到现在呢？意在帮助别人。这的确也是有的。我想用自己挣的钱帮助她，想让她接受现在所能期望的包括器官移植在内的费用最高的治疗。这是为了什么？当然是为了她，为了既不是恋人又不是情人的一个女人。那仅仅出于大学同窗之谊？

器官移植不是最佳选择这点，就连我也清楚。一如许多医务人员指出的，就算移植手术成功，移植护理所伴随的问题也是不少的。长期高强度免疫疗法，可以说好比人工制造出和艾滋感染同样的状态，使得接受移植的患者经常遭受严重感染症的危险。同时我也清楚，由于免疫药物的副作用，高血压、高血脂、肾功能衰竭等症状将以相当高的比例发生。而且，接受心脏移植手术，需要每月进行一两次心筋生检来决定免疫药物的使用量。那对于患者是很大的痛苦，况且检查可能导致并发症。综合考虑这些，哪怕患者病情再重，也未必可以说接受移植手术是最佳选择。

尽管如此，主治医生还是劝由希去海外做移植手术。这恐怕是因为那样会让人解脱——医治除了移植别无获救希望的患者，作为医生肯定是难以忍受的事情。即便以传统疗法做得尽善尽美，患者也还是迟早死去。届时他必定遭受失落感和无奈感的折磨。而若送去海外,作为医生也算姑且尽了责任。

不仅可以对自己制造alibi①，甚至可能领略自以为是的成就感。莫非我正要进行同样的欺骗？要把某种宝贵的东西偷换成移植手术不成？

举例说，每次发生严重灾害都会有数额相当不小的捐款集中在一起。我们为什么出钱帮助素不相识的受灾者呢？莫非因为他们的悲惨处境同自己的平安无事之间有距离不成？我们绝不曾对其惨境坐视不理。莫非我们是为了得到alibi而踊跃拿出若干钱款的吗？我们因此而免除愧疚感，而将自己的生活置于平安无事的园地。就是说，捐款和募捐同接受身体检查、和保安公司签订合同是一样的，恐怕都是保护自己的消费行动。我们通过这些行为来驱除降临自身的他者这个灾难，来否认他们，将侵入自己内部的他者排挤出去。

让由希接受移植手术，对我来说是一种消费行动。企图通过提供移植费用在自己和由希这个他者之间设置距离，换取自己的安稳，把她排挤出去。

---

① 不在现场的证明。

这是因为，我已经认识到自己无法彻底接受由希这一现实。如若接受，她的存在就要马上威胁我的安稳。所以我准备下次见面的时候通过求助于医疗高科技来取代接受，以便对自己本身制造出并未坐视不理的 alibi，进而获得将所挣的钱进行有意义投资这一确信，也就是说……

不觉之间跑出了住宅地段，路两侧铺展着收割完的稻田。简易道路的两旁长着蒙了一层白色土尘的杂草。我以超慢速继续行驶。前方出现坡势徐缓的丘陵地带。黑土地的点点处处残留着免于开发的杂木林。迂回翻过丘陵后，一条稍大些的河挡在眼前。新搞的护岸工程，两侧的路刚刚铺上沥青，一条了无情趣的河。

行驶了一会儿，周围变成了留有往日乡村面影的田园地带。不过，撩人情怀的田园风光也并非完好无损，式样相差无几的房屋一排排坐落在把农田切割成虫蛀状的地块上。不久，沥青路面没有了。再往前去，路也到了尽头。我把车开进草丛，下车出来。沿堤上一条小路可以往下走去河滩。

也许不下雨的关系，水量不多，河滩到处是泛白的鹅卵石，一片荒凉。兴之所至，我拾起扁平的石子朝水面横削过去。石子在水面跳跃几下，沉入水中。这简单重复的动作似乎奇异地使我的心情沉静下来。我如醉如痴地不断拾着石子。拾起脚下石子朝河面抛去，不知连续抛了多少。有鼓声从远处随风传来。我停住手，蓦然回神，环视四周，看这里是哪里。

对面河堤上正有举行庆贺活动的队列通过。运动衫外面套着号衣的小孩子们提着小小的神轿行走。头上缠着圆点花头巾，后面跟着打旗的更小些的孩子。没看到附近有神社，想必是庆贺秋季丰收的活动。队列规模不大，不到十个人。大概因为孩子数量减少，很难找到人抬东西。有两人抬一面日式大鼓，后面的孩子用鼓槌敲打，大家随着鼓声哼唱贺词那样的曲子。不知是无奈还是累了，没什么气势。况且神轿本来就给人以一种凄寂孤独之感。那随风飘来飘去的旗，看上去让人觉得好像碰上了送葬队伍。

　　神轿过去之后，河滩顿时安静下来。细弱的水流声似乎反倒烘托了寂静。低空逶迤着如烟似雾的淡云，太阳从其背后渗下模模糊糊的光。不可思议的景致。整个天空发暗，暗中又带着扑朔迷离的光亮。较之离太阳近的天空，土堤上方反而亮些也很奇妙。于是，风景失去纵深，或者不如说失去远近感，远景和近景融为一体。感觉上，本应位于远处的东西位于近处，而本应位于近处的东西位于远处。

　　我久久伫立不动，陷入梦游般的心境。河滩也好土堤也好，不觉之间只剩下了令人联想水墨画那种昏暗的浓淡。河流聚集空中微乎其微的光亮，勉强在幽暗中闪闪烁烁。我朦胧的意识中出现了由希的死，犹如隐藏在雾状云絮后面的死。那不是她的病，是她的死……她的不在。而抵达那里的时间，感觉上仿佛是没有抓手的、缺乏实体的、不可能实际存活的东西。

　　不管多么缺乏现实感，她的死也还是迟早成为现实。然而成为现实的死却很难让我认为是现实的。

现实追赶死亡这一事态似乎是非现实的。例如，在没有了由希的世界上，河也照样流、云也照样在空中飘荡吗？当然是的。即使少了一个人，世界也依然如故，我自身也依然如故。世界仍将继续存在，一如以前曾经存在。可是我无法完整勾勒那样的自己，就好像用干沙制作器皿，轮廓从准备加固的一角倏然解体。

对于由希的死，我第一次怀有了不成形的恐惧。对其愈来愈近，我觉出火烧火燎般的焦虑。

5

我们为什么要赌博呢?任何赌博在统计上都不能指望出现收支大体相抵以上的结果。彩票也好扒金库游戏也好,作为数学上的概率无疑要蒙受损失。尽管如此,我们仍抵挡不住这种不利的诱惑。为了占大便宜的低概率,我们主动接受吃小亏的高概率——从道理上可以得到解释。问题是,市场越是合理,赚大钱的机会越少,因为预期回报和风险调整的状态,对于同时拥有同样信息的任何人来说看上去都是一样的。

美国股票之所以难做,一是因为市场的合理化十分彻底。任何企业都只做赚钱生意,此外的事则利用企业外部资源,资本效益被提高到极限。而且,即使同一行业,各个企业也拼死拼活打造自己的商业模式。在日本,做到这个程度的企业肯定赢到最后。然而在美国则是理所当然的常事，只看图像资料和听经营者介绍，很难判断企业的优势。每个企业都各有其成功的原因。其中高出一头的企业在任何人眼里都出类拔萃。结果，各基金挑选组合的股票品种相差无几。即使偶尔有手段不凡的经理，也很快就被仿效，致使其独创性战略的优势被打压下去。因此就更需要投资智慧。

CRYOGENESIS 公司是一九八四年创立的投机企业。如今从业人员约三百五十人，在纽约股市上市。位于亚特兰大郊区的总公司除了管理部门还拥有培训中心和研究所。培训中心由作为核心部分的实验室及所属十多个工作部组成，研究所从医学到农业汇聚着各个领域的研究人员和工程师。此外，该公司的咨询委员会的成员不但来自美国各地，来自欧洲澳洲的著名医师和专家也比比皆是。

这家公司的情况，是我几年前调查由希去美国做移植手术的可能性时偶然得知的。本来是人体部件制作工厂，可以说类似器官移植社会的便利店。在美国各地有代理人，从心脏死和脑死之人身上采购血管、阿基里斯腱和软骨等人体部件。再由公司的技术人员和医师小组加工，配送到各地的医院。大概拥有加工和保存液方面的专利。当时只觉得这个买卖很有意思，没怎么放在心上。

时至今年，在意想不到的场合听得了这家公司的名字。那是和几个同行喝酒的时候。负责国内中小股票的经理谈起买进自家股票品种组合表中的系统工程公司股票的事。说那家公司从事组建 CRYOGENESIS 公司的网络系统。而我并没有把人体部件制作工厂和系统工程公司一下子联系起来。不说别的，在日本由于法律限制很严，不大可能像美国那样从事人体部件的加工和销售。但由于心有所觉，便通过当地的证券分析员多少做了调查。

结果有个意外发现。原来 CRYOGENESIS 公司要在日本做的并非人体部件的销售。看情形他们已把虚拟婴儿纳入射程，准备以世界规模展开受精卵基因诊断活动。

在美国，据说每年已有相当数量的体外受精婴儿出生。整个地球上恐怕已超过一百万。这一数字将来有增无减。大概由于环境荷尔蒙或心理压力的关系，以传统性行为无法受孕的夫妇日益增加。日本虽然不过一万几千之数，但通过被称为 IVF 的体外受精和胚胎移植出生的婴儿仍每年不断增加。

作为不孕症治疗方法，几乎所有接受 IVF 的夫妇都要作为选项接受婴儿出生前检查。因为有别于通过母体血清进行的 Triple-marker[①] 检查和羊水诊断，准确说来应称为着床前诊断。目的在于通过从体外受精培养的胚胎中采细胞提取信息，然后只选择遗传方面没有异常的胚胎送回母体来预防严重遗传病症的发生。CRYOGENESIS 公司准备在日本进行的是和体外受精相结合的基因诊断。其业务模式大体是这样的：首先一点，体外受精本身同现在一般性不孕治疗并无不同。使用荷尔蒙制剂诱发排卵，尽可能多从卵巢取出卵子，使之受精加以培养，当其四到八成成为受精卵的时候采一个细胞出来。之后复制所采细胞，制作解读用的样品。样

---

① 先天性愚型筛查（唐氏综合征的抽血筛查）。

品从签订特许合同的世界各地医院空运到美国的公司总部,在那里使用DNA切片提取细胞的遗传信息用电脑加以分析,分析结果经由因特网发往各家医院。前面说的系统工程公司在这里开始参与。因为必须在各医院和CRYOGENESIS公司之间组建信息网,将解读完毕的遗传信息化为数据库进行管理的务实性作业也必须开始。诊断结果出来之前,胚胎将在各医院冷冻保存。只有接受有无遗传异常检查的优良胚胎才被解冻并移入子宫。

"傻气!"沙织说,"费那么多周折,总之不就是选择基因吗?"

"算是吧。"

"选择基因和培养成什么样的孩子,我想是完全不同的问题,不对?"

"啊,对的。"

"那么,虽说对胚胎的选择不应指责,但毕竟不是明智夫妇做的事,我认为。"

"是吗?"

"大学时代打工做过家庭教师。对方是个高中生男孩儿，父亲是医生，总想让儿子上医学院。"

"常有的事。"

"嗯，常有的事。但任务比让恐怖分子改邪归正还难。"

"泛滥成灾的比喻。"

"那家的母亲每星期都买盆栽植物回来。铁线蕨啦秋海棠啦香雪兰啦……"

"具体颜色和形状浮现不出。"

"反正是茎上有很多叶片的。"

"明白了。"

"那种赏叶植物买很多回来，放在客厅和门厅等处。"

"喜欢植物。"

"是不是呢？"她歪起脑袋，"买回也不照料，一两个星期就全都枯萎了。枯萎了又买新的回来。这样的母亲培养的孩子会是什么样子，大体想象得出吧？"

"大体。"

她眯细眼睛紧紧盯视我。

"你的想象，我想应该是不错的。"她说，"所以作为我，较之什么遗传信息，在心情上更愿意支持这样的见解——父母的为人和生活态度对孩子的影响要大得多。"

"你的意思是：有闲工夫做什么基因诊断，还不如好好照料买回的植物？"

"然后好好做晚饭。"

"你会成为好母亲。"

"谢谢！"

向波佐间谈起CRYOGENESIS的事，纯粹出于心血来潮，可以说是话碰话碰上的。

"准入壁垒低，容易被模仿的电子业必然减速——这早就看出来了。"我在电话中说，"相比之下，生物工程则是不易进入的领域。我还认定伴随限制放宽同基础设施趋于完善的IT相结合的商业模式将是下一个目标。而CRYOGENESIS同这一模式正相吻合，所以今春把它纳入了股票品种之中。"

"赚了?"

"算是吧。靠电脑业赚钱的时代结束了,几乎所有的基金经理都这么认为,下一个是生物工程。实际上克隆羊羔诞生的时候,向罗斯林研究所投资的公司的股票也急剧上扬。但还没有把生殖技术和基因技术作为具体商业模式理解和评价。一来因为过于专门了,难以勾勒企业形象,二来如果从投资到取得回报的时间过长,投资家们就要失去耐心,以致他们犹豫不决。"

"你比他们看远一步。"

"碰巧。"

"那么?"

"那次恐怖袭击过后,股票进一步上涨。在其他企业统统下跌当中,多少有些反常。现在还在涨。"

"可喜可贺。"

"到底还是值得高兴的吧。"

"听你声音抑郁怕是我神经过敏。"

"CRYOGENESIS的股票我想出手。"我一口气说出,"不愿意留在手上。"

"可有什么问题?"

"不,我想没有问题,至少CRYOGENESIS公司……假如有问题,有问题的是我,我对他们要干的事看不顺眼。"

"指基因诊断?"

"一切的一切。CRYOGENESIS这样的公司的存在本身也好,他们要干的事也好,向那里投资的自己也好,统统……"

他对着听筒惬意地笑道:"上次也说了吧,你是世界上最讲伦理的基金经理。自己也想承认了?"

我充耳不闻地继续说下去:"说基因诊断,听起来固然好听,但实质上是把人商品化——把可能出生的小孩儿做成商品目录,问你想要哪个。"

"跳跃性未免太大了吧?"

"在自然排卵的情况下,一个周期排出的卵子原则上只有一个。但用荷尔蒙诱发排卵,好像可以得到十个左右。如果从这些卵子里通过人工授精制作胚胎,那么可以就十个胚胎遗传信息加以研究。就是说把十个胚胎排列出来,从中挑选最适合作自己孩子的。"

在讨论将其股票纳入股票品种的公司内部会议开始之前,我们对那家公司进行了彻底调查。首先进行有关体外受精等生殖产业和基因产业的产业调查。把握大致的历史背景,摸清市场规模、销售业绩、企业参与状况等等,同时根据限制放宽和成本战略等等进行前景预测。另一方面,把可能和这家公司有关的业种列出一览表。例如,就生殖工程来说,同保安系统和软件等很多领域关联密切。生殖产业情况如何呢?可能同什么样的企业相结合呢?制作尽可能明确的商业模式——把这些分给同事,让他们调查。

我对一位从事通过体外受精进行不孕治疗的医师成功地进行了采访。是个四十几岁男子,一边在医科大学执教,一边在负责出生前检查的国内风险企业当顾问。

"依他的说法,女性卵巢中的未成熟卵在她还是胎儿的时候就形成了。能实际使用的只是其中极小极小一部分，闭经前的女性仍有数万个有生命力的卵子剩余下来。如果使之体外受精，那么至少可以得到数百个新胚胎。也就是说，可以从数百个遗传信息中选择自己中意的孩子。"

"果然。"

"选项扩展到这个地步，那么排除具有致病基因的胚胎这一消极选择同选择具体中意基因的胚胎这一积极选择的区别就不存在了，实质上同 Designer Child（设计好的婴儿）无异。几乎所有的癌都可以发现突然变异的基因。假如可以事先检查变异并将其除掉，那么往下想要孩子的父母势必打算在受精卵阶段接受基因诊断。这对于在孩子越来越少的情况下经营医院的产妇科医生们来说，新的检查技术就成了正中下怀的卖点。这不限于疾患，暴力基因、引发凶杀犯罪的基因、具有容易成为恐怖分子资质的基因……"

"喂喂！"

"不，不是开玩笑，现实中已到了那一步。人就是要找到自己想找到的东西。如果想找到恐怖分子基因,肯定能够找到。这样一来,不良分子都将在基因层面予以排除。"

话语停顿时,电话另一端全无声息。

"喂喂。"

"啊,对不起。"波佐间掩饰似的应道,"发了一下呆。"

"话无聊了吧?"

"哪里哪里。"

"反正过几天爬山去好了。今天本打算商量这个来着。"

"想去啊。"

"计划差不多出来了。"我介绍大致的线路,"坐电车过去。开车累。下山地点和登山口是同一个地方。"

"卷入交通堵塞的可能性也是有的。"波佐间间接道。

"进山前的行李够麻烦的。"

"行李怎么都得扛着。"

"往下只剩调整日期了。"

"你怕也够忙的吧?"他问。

"总有办法可想。"

"用传真传过来可好?"波佐间以收场的语气说,"传登山计划嘛。我也得根据工作日程调整。"

"好好,两三天内传过去。"

他最后道声谢谢,一下子挂断电话。放下听筒后,我觉得好像忘说了什么。

6

好天气持续了一个星期。报纸的天气预报栏里从北到南排列着太阳标记,让人觉得晴朗的秋日将永远持续下去。既不下雨,又不降温,冬天永远不来,甚至白天变短都无从想象。美好的秋天一直持续到时间结束。令人血液冻僵般的事件也很快过去,心中连砂纸打磨那个程度的伤痕也没留下。一切依原样周而复始。

唯独由希不能长此以往。她所说的安乐死不曾从我脑袋里离开。所幸近来无论身体还是精神都保持安稳状态,再未说出死字。莫不是一时心血来潮?很难那么认为。帮助自杀问题和器官移植同样,都是医疗中断时必然出现的类似自缢的东西,总有一天不得不迎面对峙。我不知道那时候自己做怎样的选择,无法预测自己的表现。

如果同意帮忙，剩给她的时间无疑会多少变得轻松些，至少可以去掉恐惧——临死可能久久忍受呼吸困难的痛苦的恐惧，从而减轻肉体上的折磨。因为她的病被认为心理压力将使呼吸变得更加困难。

但作为实际问题那是可能的吗？根据现行法律，帮助自杀将以杀人罪问罪。不仅失去工作，还可能被送进监狱。更难办的是不知在哪里画线。如果以某种形式实行安乐死，那么怎样才能知道合适的时间呢？能够做出"此其时也"那样的精确判断吗？外行人的我能够看准最后的时限吗？无论在哪里画线，恐怕都要留下加速她死亡这一愧疚感。可另一方面，倘若她在自己犹豫不决的时间里死了，又要留下使之过于痛苦的懊悔。

我无法就自己应采取的行动做出决断，不知道在由希死这个问题上应采取什么态度。我将要启动的行为本身莫如说是单纯的，即帮助由希死亡。但我不能够计算这一单纯行为的风险，因而使预测毫无可能。况且这是仅有一次的赌博，不可能把第一次蒙受的损失在下一次补偿回来。

　　我想起在赶往她被抬进去的医院的出租车中司机说的话。司机说他以前在公司人事部工作，有裁决人员的经验。对于被裁对象可能问的"那么你怎么办呢"的设想提问，他答道"走也地狱留也地狱"……最后关头非此即彼的选择。必须从别无退路的两个选项中选择一个，如同弗雷德里克·福赛斯①的书名。

　　淡云轻笼的十一月一个星期日，下午别无打算地离开家的我乘上电车，来到由希家附近的车站。就这个季节来说算是暖和的一天。站前排列着咖啡店、汉堡包店以及几家移动商店，了无情趣。从站前走上大街，沿一条小巷走不远即是幽静的住宅地段。笔直的道路两旁，树木簇拥的独门独院的旧住宅井然有序地排列开去。其后面矗立着墙挨墙

---

① Frederick Forsyth（1938— ），英国作家。曾任职于路透社，后转入 BBC，1968 年始为自由记者。主要作品有《恶魔的选择》《战争的狗们》《神拳》等。

的中低层公寓。再次细看之下，与旧住宅相得益彰的道路两旁点点处处像包了银箔的虫牙似的建有不很大的新公寓楼。估计是老住户上了年纪或去世之后，离开父母家的子女一代借此机会处理老屋后改建的。

由希家也静悄悄坐落其间。旧石柱大门里边，登上阶差很小的石阶，上面是很短的门廊，两侧为修剪整齐的杜鹃和刺叶桂花树丛。拱形探出的玄关里面为厚重的门扇，门前摆着由希母亲精心侍弄的秋海棠等盆栽。面对小巷的差不多被辛荑树和酸橙树掩住的右侧房间即是由希的卧室。她当然不在，房子里也没有人的动静。我随便打量一眼房子后，像过路人一样没停步地走了过去。

沿着长得没完没了的坡路走去。没有什么目标。说到底，为什么到由希家来呢？什么目的也没有就跑来了。或许正因为知道她不在家才来的。迟早她要离开人世，来也见不到的日子将永远持续下去，直到我不再来她家为止……这怕是一种预备性演习，为由希不在这一未知事态做的演习，为尽可能缩小现在与未来的落差的演习,一如登山家作为高山病对策而力图让身体适应稀薄的空气。

走了一阵子,来到一家似曾相识的餐馆门前。从外面看,又像是一座寺院。入口很窄,两侧排列着普通民居。但沿一条左右围有土院墙的小路前行不远,发现餐馆门面意外宽大。虽然时间还早,但也是由于累了,决定吃完晚饭再走。

向女招待打声招呼,在面对庭院的榻榻米席上坐了下来。亮窗外面的石灯笼有印象。我和那时候一样,要了带有餐馆名号的菜肴。不一会儿,女招待端来啤酒和下酒菜。

"请慢用!"

什么都没变,松树绿色的鲜亮也好,纸糊拉窗挡得视野不够开阔也好。除掉没有由希,一切同几年前来的那次无异。估计菜肴也不会有什么变化。

面对随下酒菜端来的生鱼片,由希只抓了一两片。蒸水蛋也剩下没吃,小锅什锦饭少量吃了一碗,油炸虾没动筷子。

"能吃你吃吧。"她把没动筷子的菜推到我

面前。

"不多吃点可不行的哟!"

我开始大口小口戳食她剩的菜。店老板乖觉地先给由希上了饭后甜食:黑芝麻雪糕、甜瓜和梨,便是那个季节。我努力回想当时她讲的话。很快想了起来,我独自笑了。由希讲了蝌蚪的故事。

如今差不多都是暗渠了,但我们小时候,城里还这里那里有小河流淌。柞树林和栎树林也有剩下来的,可以学昆虫采集什么的。上的小学附近有个水池,小孩子们在竹竿头上系一条线,用那种简单的渔具钓鲜红色的美国小龙虾。由希讲的就是那样的少年时代的一幕回忆。

"小学三年级的时候,休息日一家人开车兜风,路上在停车的水田里发现了蝌蚪。"她以不连贯的语气讲了起来,"父亲马上脱鞋进田,很快空手抓了十几条,母亲和我吃惊地看着,因为他那人不常做那种事的。"

"够超现实的,作为情景。"

"也许是想逗我高兴。"

"往下呢?"

"一开始本打算放了,但在触摸时间里觉得很可爱,就撒娇说一定要养。结果把当时能找到的容器都放了蝌蚪进去,拿回家来。"

"开始饲养了!"

"正正规规放进水槽,还去宠物店买了饵料什么的。"

"想象不出来啊,你照料蝌蚪的样子。"

"我照料得相当精心呢。"她不无意外地说,"父亲见了,说好容易养一回,就写日记好了。"

"观察日记?"

"天天观察它长脚的样子,记录在笔记本上。"她停顿一下,"蝌蚪的脚,肯定左边的先出,知道?"

"不知道。"我笑道,"那可是规律?"

"说不准。不过我观察的蝌蚪全都那样的,没一条例外。现在想来都觉得不可思议。自以为是了不起的发现,就把笔记本给老师看了……"

"老师说是诺贝尔级的大发现可喜可贺来着?"

"只得到一句很平常的感想:观察得蛮仔

细嘛!"

"怕是没能理解发现的重大。"

"怎么说呢……是理科老师。挺泄气的。"

"大人就是这样揪掉儿童的创造嫩芽的。"

"后来长成青蛙,放生的时候可辛苦了。"

见我露出诧异的神色,她解释道:

"原来是土蛙的蝌蚪,城里没有的一种青蛙。老师说若在附近放生,就会夺走原有青蛙的繁殖场所,让我放回原来的地方。"

"这理科老师,莫名其妙的地方倒很专业。"

"对三年级小学生说这个也……对吧?"

"怎么办了?"

"把装有好几只大土蛙的水槽放在车里,求父亲领去原先抓蝌蚪的水田那里。"

女招待把我那份甜品端来。我在想每天盯视水槽观察蝌蚪的小学生由希。当然我不认识那时候的她,两人相遇是上大学以后的事。却又觉得原本认识上小学时的由希,就像曾经同桌一学期就转学走了的同学,其面影留在了自己脑海里。

由希双手捧着装焙制茶的茶杯，从纸糊拉窗的空隙怔怔向外打量。甜品盘里的甜瓜和梨都一动没动。

"不吃点水果？"我提议。

她没看甜品盘，看我的脸。

"怎么了？"

"没什么。"

少顷，把茶杯拿到唇边，以感觉不出是热是温的表情无声地啜了一口。

女招待往下撤餐具的时候，由希的菜仍剩在那里。

"您没怎么吃啊！"女招待说。

出门时，阳光黯淡下来。洒了水的石板路柔和地反射着脚下的灯光，唯有庭院松树的枝梢映着从房脊间泻下的夕晖。院子一角放一个小小的石臼，放了水，备一把竹柄勺。由希好像忽然发现了什么，走去石臼那里，用竹柄勺舀了水，弯下腰，把水浇在脚下铺的鹅卵石上。回头看见我，双眼格外发亮——也许我神经过敏——说道："你听！"

我蹲在她身旁侧耳倾听。类似深沉的铃声的旋律传来耳畔，大概是水滴下落的声音在埋在土中的水缸中发出的回响。"水琴窟"——她告以装置的名称。

"在电视上看过，实物是第一次，原来离这么近。"

据说四国①的香川或德岛有水缸产地，莫非是从那里远远运来这武藏野郊外的？我接过勺子，也浇水下去。并非浇得多声音才大，那样反倒声音互相抵消，变得单调无味。第二回我试着不胜怜惜地一点点浇。

"往地面浇水是为了向死者传达思念——看过的一本书上这么说的。"由希盯视渗入小石缝的水说道，"这水琴窟说起来也可能有那个含义。"

我递过竹柄勺，她微微摇头说可以了，把勺放回石臼，走在前头催我离开。

---

① 日本的四国地区，因古代为有阿波、赞岐、伊予、土佐四个藩国而得名，现为香川、德岛、爱媛、高知四县。

"得这个病的时候,以为能活到三十岁。"由希无精打采地说,"所幸目标达到了,也得以再次见到你永江君,领我来很多很多地方……"

话突然中断。远处湖面似乎传来轻微的波浪声。

"再活十年怕是贪心不足了。"

"别想那么多。"

她未应答,抬头看着我。

"有时心想假如健康有多好。"她目不转睛地说,"光是长病了,可也还是觉得发生了好多事,发生得太多了……却又什么也没发生。"

四周彻底黑了,我大致判断着方位朝车站走去。不知什么时候下起雨来。下得虽不厉害,但被街灯照着的部分,雨线显得白亮亮的。不知道天空在哪里。地面与天空之间,云层如烟似雾,其间无数雨点以随心所欲的角度落下。

路两侧排列的民居,就好像害怕湿润物入侵似的关紧门扇,一片岑寂。房门的灯和窗灯倒是亮着,但窗帘一动不动,说话声也一句不闻。叶片落尽的常青藤如吓人的活物在涂料剥落的预制块围墙上爬着。横道时而现出人影,消失在小雨中。门面对着街角的面包店把橘黄色的灯光隔窗投射出来。路过时往里一看,没有客人的店里,一个店主模样的男子正在收款机那里整理票据。那孤独的寂静状态给人以甚至超越时间的印象,若仅把那里切割下来,未尝不可以成为基里克①的一幅画。

我一边在雨中行走,一边细细回忆同由希去过的这里那里。无所谓的场所无所谓的事。就连鸡毛蒜皮的琐事也令人怀念。恐怕两人再不会去那些场所了。她的话语,她的小小的动作,她微笑时也透出悲戚的表情……不久都将消失。一旦消失,再也不会返回。我被这单纯的事态一下子掠走了立足之地,每要迈出一步,都觉得像走在浮桥上一样忐忑不安。

---

① Giorgio de Chirico(1888—1978),意大利画家,超现实主义的先驱。

雨没有越下越大，只是没有间歇时候。我在颇有树龄的樱花街树下面走着。不知自己走去哪里。过路的出租车也没有。沿路走去，总会走上大街。走过几个街区，走到一座不大的儿童公园。在水银灯光照射下，不锈钢滑梯闪着钝钝的光。公园周围也栽着几棵樱花树。最里面的那棵树干格外粗，呈放射线状穿行的树根一处处把土顶起，几乎整个现出其地下状态。粗树干从中间一分为二，又继续分成若干树枝，枝上仍残留着迎来落叶时节的叶片。那迟早也要飘零，让位给新芽。

我站在公园前仰望树梢。然后翻过低矮的铁栅栏，缓步走到树前，把手轻轻放在有光泽的树干上。吸了雨的树皮有些发软。我闭起眼睛，集中注意力，似乎有什么纤细的东西在凉丝丝的感触中流动。莫非它将带着长眠于地下的死者的情思，每到春天就催生淡粉色的花朵不成？由希能活到那个时候吗？肯留在我此刻所在的这个世界上吗？

我久久把手心贴在树干上。尽管被冷雨打湿了，但我还是可以从布满小疙瘩的树皮中觉出微微的暖煦。我像沙漠植物求水一样，尽量把那温煦融入自己的体内。水味儿浓了起来。在水味儿的诱导下，我想起两人去镰仓看菖蒲的情景。那是什么时候的事呢？梳理起来，想起是前年的事。仅仅两年前还能外出看花来着。旋即，我再次陷入无可奈何的情绪中，已然逝去的岁月不声不响地压上我的肩、我的背。

算不得什么名胜，不过是一座未被纳入观光路线的不起眼的寺院。穿过山门，通向正殿的路的两旁开着绣球花。绣球般的花在梅雨时节若明若暗的天光中被正巧下起的细雨淋湿了，变幻着蓝色和淡紫色的光泽。寺院的水池覆盖着开完花的莲叶，硕大的红锦鲤在其间游动。我们从池面上的石桥斜撑着伞，观看雨淋的菖蒲花。

正殿似乎在雨中举行法事。低沉的诵经声透过雨幕传来。突然，走在身旁的由希从伞下问道：

"你认为有天国的？"

孩子气的问话中带有一种紧迫感，使得我没办法一笑置之。也正因为问得微妙，我未能马上回答。

"刚上小学的时候,家里养的狗死了。"见我沉默,她继续道,"一条 Collie 狗①,我出生前父母就开始养了,年纪相当不小。由于我懂事时它就在身边,感情也很深。"

"一直养狗来着?"我问。

我听她说过,最后养的一条狗在无法照料的时候,请朋友领养了。

"死前几个星期,想领去散步它也不从小屋里出来了,食料差不多全部剩下。"她往下说狗,"也不像有大病,兽医说怕是衰老的缘故。最后喘气都像很困难了,时不时发出尖细的哀鸣,听得我心里十分难受。父母商量,决定打针让它安乐死。我当然反对。虽说痛苦让人可怜,可是打针弄死它也够可怜的。即使狗心甘情愿,我也受不了。"

她寻求同意似的扬起脸,我默默点头。

"母亲说,希斯去天国了,别担心……希斯是

---

① 原产英国苏格兰,体大健壮,毛黄褐色。原为牧羊犬,现多为宠物。

狗的名字，母亲取的，好像是艾米莉·勃朗特小说主人公的名字。"

由希似乎在追索由这名字唤起的狗的长相。我思索小说。记得小时候看过缩写版《呼啸山庄》，内容则记不得了。

"从小就听过不少关于天国的说法。"她接着说，"我也以我的想法相信来着。就是说，实际上认为存在那样的地方。在那里谁都能变得幸福，没有病没有痛苦，好得不得了，希斯也去了那里，这点在脑袋里我是明白的。"她迟疑地停了停，随后多少降低声音说下去："父母趁我睡觉的时候叫来兽医，打了安乐死的针。醒来时狗已死了。因为已有所预料，没有为此责怪父母。毕竟是没有办法的事。只是不能接受事情在眼前发生。"

我提醒她注意脚下来代替点头。由希停住脚，目光落在稍前一点的水洼。而后抬起头，怅然注视山门那边。万籁俱寂的寺院里，细雨悄然下个不停，脑袋里仿佛连同周围的景色一并被白色虚线封闭起来。

"那天是星期天。"重新起步时,她淡淡地说,"我比平常起得晚,确认狗已死了,我碰也没碰希斯的身子,折回自己房间,哭了很长很长时间。边哭边想自己为什么这么伤心呢?毕竟狗上天国享福去了,对吧?本来自己也那么相信的。或许是为分别本身伤心。伤心不能和它一起玩、不能碰它暖暖的身子、不能听它的叫声了。这个原因当然也是有的。但真正原因不是这个,我已经意识到了。那天我在床上找到了我为狗死去而那么伤心的真正原因。"

由希以异常清澈的眼睛看我,眸子的深处像有惊惧的阴影隐隐掠过。

"我没能相信天国,在我心里这是无法蒙骗的事。"她移开眼睛看向远方,而后自言自语地重复道,"现在也没能相信。从希斯死那一天开始,始终一贯……我一直没能相信天国的存在。"

我不由得握住她的手。她没有回握。她的头发夹杂有白色的东西,因雨闪着光。她回过头,视线和我连成一线。没有拥入怀中。片刻,双双不由自主地移动脚步。

7

星期六上午,一个电话打到家里。波佐间夫人打来的。她为突然打电话道歉,同时告诉我波佐间一个人上山去了。

"上山去了?"我感到意外,反问道。

"有信留下来。"

"什么时候的事?"

"像是昨天一大早。因为我起来时已经不在了。"

"信上写的什么?"

"只写很久没上山了,今天去一次。"

"地点没写?"

"那个写了。"

夫人以读信的语调举出几个山名。她没有登山经验。

"是我用传真传过去的山。"我略略放下心来,"可为什么一个人跑去……"

"怎么回事呢?"夫人如遇救星似的问。

"其实多少也是事出有因——这段时间几次一起喝着酒谈登山来着。"

"嗯,从丈夫嘴里听说了。他说永江君相邀,准备重新登山。还一次次买齐了登山用品。"

"往下就等调整日期出发了。但近来因为忙乱,有些日子没联系了。"

最后一次和波佐间通电话,差不多是半个月前的事了。那之后过了几天,把前往目的地的路线图用传真传了过去。本想随后联系,结果忙起来稀里糊涂忘了。

"或许我不该发那个传真。"

"不不,那不是的……"

"肯定等得不耐烦,索性一个人去了。果真那样,很有可能走我传过去的路线。"

"在哪一带呢?"

我举出东京郊外连接邻县一座山的名字。

"不是什么大不了的山。"我语气依然乐观地继续道,"夏天连老年人和小孩子都去爬的。先给山庄打电话问问。已是这个时候了,我想已经出发,不过行踪大概还把握得住。"

上午十一点都过了。挂断夫人打来的电话,往估计波佐间住过的山庄打电话。如果走我发去的路线,昨晚应该住在那里。请管理员查找住宿登记簿,果然有波佐间的名字。我马上回电话给波佐间夫人。

"到底有的。"因为是报告好消息,我免去客套,"是个老实家伙,乖乖走我设定的路线。"

"和波佐间说话了?"

"没有。不过,在住宿登记簿上确认过了,不会错的。好像今早离开山庄的,应该按计划傍晚回来。"

"是吗?"夫人也似乎舒了口气。

"暂且不用挂念了。"

"谢谢您了!"

"可他也够让人着急上火的了,等他回来,两人好好教训他一顿。"

约定见一个人。在西麻布意大利风味餐馆吃着午饭聊了两个小时。分开后从餐馆前往波佐间家打电话。耳贴手机看表，快午后三点了。按计划，差不多是下山时刻。铃第二遍没响完夫人就接了起来。

"怎么样？"

"没消息。"

"没有联系？"

看来一个电话也没打回家。

"不像话！"我轻轻咂了下舌说，"不过别担心，位置已经锁定了。"

夫人犹犹豫豫附和一声，须臾问道：

"你见波佐间的时候，看样子他没有什么变化的？"

"没太觉察什么。倒是说公司经营方面处境很困难。"

我想起波佐间频频喝干威士忌的样子。不是没有觉察，当时我确实有点儿放心不下，所以才邀他登山。

正这样想着之间,夫人坦白似的说:

"手机没带去。"

"怕是单纯忘了吧?"

"或许。"

看来她并不那样认为。

"可有什么觉得不对头的?"

"没有。"

听起来否定得很不情愿。这里本该深究一下。若是平常,我大概会那样做的。可是,也是因为有由希的事,老实说,现在懒得过多介入此事。实际上也可能出于心血来潮而独自上山去的。就忘记的手机来说,也许是偶尔忘带的。往乐观处想,我觉得事态不那么严重。

"时不时有令人心烦的事的。"我感同身受地说,"设法调整日程,安排自己不在时的工作——这个那个思来想去之间突然变得不耐烦了,很想一股脑全都抛开忽一下子消失。尤其处在波佐间那种岗位的人我想更是那样。想神不知鬼不觉地失踪一两天的时候也是有的。"

那好比任何人都有的轻度自杀愿望，我这样说服自己。

"作为他怕也是想放放风的吧？"

"但愿那样……"

"姑且等到晚上怎么样？"我折中似的说，"按计划，傍晚五六点应该回来。就算晚一些，八点之前大概也……"

"我说……"

"嗯？"

"在哪里见见您好吗？"说法虽然客气，但声音带有决断意味。

"马上？"

"只要您指定场所，不管哪里我都过去。"

语气紧迫，从中感受得到对方刻不容缓的心情。我一边看表一边在脑海里考虑最短的路线。这就去涩谷转往横滨，一小时多一点应该可以赶到。

"我过去好了。"我以不至于夸张的口气说，"太太恐怕还是在家等着为好。波佐间不知道什么时候回来……回来不管自是无所谓，就怕他打电话过来。"

"打电话？"夫人抓住话尾说。看来她因为过于担心丈夫安危，对我的话反应过敏了。

"例如告知晚回家的原因什么的。"

"您指的可是遇上意外？"

"我想不至于。"我想赶快抽身，"反正一个半小时后赶到，详细的到时候再说。"

放下电话，我好像受到夫人忧虑的传染，开始担心起波佐间来。虽说多少认识，但很难说关系有多么亲密——夫人向这样的我这里特意打来电话，无疑说明事态非同一般。毕竟多年朝夕相处的伴侣，仅从扔下信和没带手机这一点恐怕她就凭直觉意识到情况刻不容缓。我则摈除她的直觉而往常识性判断方面迂回了。

我尽量回想最后在电话中同波佐间交谈的细节。那时我的确微微觉出了不安。而具体怎么回事却想不起来了。只是对他的反应有难以释然之处，这点可以断定。放下电话后还觉得好像有什么意犹未尽，这也异常清晰地留在了记忆里。

波佐间住的公寓楼位于近年不断开发的临海地区稍微伸向山麓那边的高地上。按下正面大门对讲门铃的房间号码,里面传出女性的应答声,门随即打开。从电梯下来时,夫人已来到通道。

"百忙之中,实在抱歉。"她深深低下头去。

"好久没登门问候了。"

"请先进去吧。"

我被领进有沙发的大约二十张榻榻米大小的客厅。来这公寓还是第一次。正面墙壁放一台大屏幕液晶电视机,配有家庭剧场式的环绕音响系统。格架里主要放着卡拉扬①、克莱巴②、绍尔蒂③等指挥家的歌剧DVD,数量相当不少。在我有意无意环视房间的时间里,夫人在厨房沏茶端来。面对面相见,和电话中不同,气氛有些发窘。

"搬来这里多长时间了?"我拾起不咸不淡的

---

① Herbert Karajan(1908—1989),奥地利著名音乐指挥家。
② Erich Kleiber(1890—1956),奥地利音乐指挥家。
③ Georg Solti(1912—1997),出生于匈牙利的英国籍音乐指挥家。

话题。

"整两年。"

苗条的体形没变,皱纹和白发也不显眼。不过对照我的记忆,看起来相当老。整个表情没有精神,尤其眼睛那里积满了疲惫,使得她的相貌显得比实际年龄苍老。

"把我传给波佐间的路线图带来了。"为进入主题,我把用手画在A4复印纸上的图纸摊开在茶几上,"他离开家是昨天早晨吧?"

"六点钟醒来时已经不在了,那之前就……"

"那就是说他大概上午就开始登山了,偏午时分应该到达山庄。"

"那个山庄也能吃饭的吗?"

"饭能吃,酒也能喝,像民家旅馆似的。帐篷和睡袋自不用说,食物和餐具也不用带,当天去当天赶回那样的装备就可以出发。附近也有镇办登山小屋,但因为他好久没登山了,所以设计的是尽可能减轻行李的轻松线路。"

"第二天呢?"

"到山毛榉坡路那里就折回,沿山梁走,绕过峰顶到避难小屋全是平路。从那里顺山梁下来就是林荫道,穿过村落就是汽车站。线路所花时间设定为五六个小时,下午稍早些时候就可以下到山麓。"

"那就是今天的情况了?"

我点头看钟,已过四点半。城里倒也罢了,山上差不多该黑了。到了这个时间仍没到达能够打电话的地点,恐怕还是认为有什么事才对。

"下山路上有可能发生什么麻烦。"我第一次说出这一可能性。

"所说的麻烦……"夫人不失时机地追问。

"迷路耽误下山时间是常有的事。"为了让动摇的对方安下心来,我姑且道出比较乐观的估计,"迷路,卷入雾中……不管怎样,他毕竟是有登山经验的,用不着过于担心。说不定今天夜里一晃儿就回来了。"

"但愿回来……"

"再等一些时间可好?"

"一些时间?"

"是啊。"我综合考虑波佐间的装备,"今天一夜。如果还没有联系,就要考虑报警了。"

"申请搜索?"犹豫片刻,夫人战战兢兢地问。

"啊,为慎重起见。"

"申请之后会怎么样呢?"

"搜索申请书交给当地警察。"我以事务性语气解释说,"警察首先确认是否属实。想必从登山者和登山小屋那里收集情报,调查山上有没有意外情况。遇难者肯定留下蛛丝马迹。此外还要参考气象数据综合考虑种种情况——会不会被卷入云雾啦、会不会冻得动弹不得啦等等。如果遇难可能性增大,就要委托当地山岳协会等组织救援队。"

"不是那样的场合呢?"

"难以认为是遇难的场合?"

"嗯。"

我略一迟疑,回答说:"势必沿自杀和失踪这条线追索下去。要看有没有促使那么做的缘由,如负债、病痛、裁员……若是年轻人,失恋也在考虑范围之内。不过就波佐间来说,这一可能性可以抛开的吧?"

或许因为我这玩笑不够慎重,夫人表情僵硬地缄口不语,只管注视手画的路线图。滞重的时间缓缓流淌。

"说一说怎样?"我倒忍耐不住了,"我一直想得很乐观,但到这个时候也不往家里打个电话是不正常的。如果有什么觉得蹊跷的情况,您不妨说……"

"对不起。"她打断我似的说。

我一声不响地看着对方。看得出她很犹豫。估计她有她的心理纠葛。

我决定再跨进一步:"虽说是好爬的山,但毕竟这个季节。如果有放心不下的地方,最好早想办法。"

夫人还是显得犹豫不决,眼睛向下看着。阳台上的阳光已开始黯淡。我耐住性子等待。

她终于扬起脸,说:"我想丈夫不会仅仅因为想放放风而上山去的。"

"就是说有其他原因?"

"我已经什么都不明白了。"最后她透出哭腔。

她说波佐间酒量的明显增大是入秋以后。一个人喝到很晚。夫人提醒他小心身体,他嘴上说马上就睡,可还是继续喝一两个小时。先睡了的夫人半夜起来一看,见他躺在沙发上烂醉如泥。这种情形已持续了两个月左右。

"一个人边喝边嘟嘟囔囔着什么。"夫人避开我的视线,继续说下去,"从他的话头话尾,我感觉他像是在自责,但确切内容弄不清楚。以前常说笑话逗人家笑,现在却总好像一个人沉思什么,连跟他打招呼都有所顾忌。我猜想他可能工作上处境困难,就向公司的人打听,可大家都说没感觉出什么。"说到这里,她朝我这边回过头,以唐突的声音说,"永江君,能请您找找我丈夫吗?"

"我?"

"对不起。"夫人像要收回刚才的话似的低下眼睛。

"若是那种情况,我想最好快些申请搜索。搜索队进去,肯定找得到,因为到今天早上行踪还在把握之中，搜索的范围可以缩小很多。"

间隔有顷。

"丈夫身边的人制止来着。"她说。

"制止报警？"

"他们说丈夫眼下在公司里处境艰难，如果这件事作为失踪事件捅出去，很可能毁掉日后的前程。"

死了还前程什么呢——话到嘴边没有出口。

"是指就任总经理的事吧？"

"公司里好像有很多人怕丈夫当不上总经理对自己不利。我不知如何是好……"

啜泣声大了起来。大约五年前吧，现任总经理即波佐间的父亲把总经理位置让给了波佐间母亲的弟弟。但因业绩恶化而将其解职，自己重新任总经理直至今日。波佐间在公司内处境艰难，大概也是同被解职总经理那一派人不和有关。不管怎样，如果他要继任父亲的职位，就必须保证此前万无一失。

"公司的人怎么说的？"等夫人镇静下来，我问道。

"说等一两天再说。"

这意味他们也抓住"放放风"这根稻草不放。虽说没有联系,但未必没有按计划下山。尽管不声不响地离家外出未免反常,夫人述说的波佐间情况也让人难以放心,可是考虑到明天是星期日这点,本人出于心血来潮而推迟下山是可以设想的。倘若在这个关头不小心把事情弄大,难免给日后的人事安排留下瑕疵——想把波佐间抬上总经理位子的人想必是这样考虑的。

我怀疑发生了意外事故。既然依照朋友定的登山计划上山并在山庄住宿登记簿上留下姓名,那么作为本人就有可能纯粹出于一时放风的动机。然而发生了始料未及的事故。假如因而推迟下山会怎么样呢?假如受伤了处于求救也无从求救的境地,假如现在为没带手机而后悔莫及……

"本人心血来潮这点当然是可以设想的,但也可能下山途中迷了路。"我尽可能以探寻客观可能性的语气说,"或者受伤动弹不了,那么就该在等人快速救援。想必波佐间也带了方便食品什么的,即使受伤也该晓得保存体力的方法。所以一两个晚上是坚持得住的。但时间再长就有危险。一来帐篷和睡袋可能没带,二来食物也不一定够用。夜间气温会降到零下,体力消耗厉害。如果今天整个一晚都没联系,那么我想还是应该报警。"

"就是说明天早晨了?"

"就算报警,也并不能马上搜索。"

夫人似乎仍在困惑。作为我也不希望无谓地损害波佐间的前程。迷路也好受伤也好,今晚都将在野外露宿。若是轻度扭伤或骨折,有可能应急处置一下独自下山;假如等天亮行动,那么不妨认为后天下午是安全线。话虽这么说,情况终究是情况,不容白白浪费时间。

"那么这样好了,若今晚有联系,自然万事大吉;没有联系,我明天一早就赶去那边,在当地收集情报。"我把脑袋里设想的说出口来,"弄得好,说不定可以弄清他离开山庄后的行踪。只是,一个人能做的事有限,我找找线索,如果认为还是请人救援为好,到时候再商量。这样可以吧?"我像念剧本一样脱口而出。

夫人略略放心地说："添麻烦了！"

"波佐间的相片能借一张吗？最好是尽可能面部照得清楚的、最近的。"

"找找看。"

夫人离席的时间里，一个小男孩走进客厅。看也没看我一眼，一屁股坐下拼木地板上，开始玩蒸汽机车玩具。

"你好。"我打招呼，"叫什么名字？"

一会儿，他回过头来，以仿佛说这家伙是谁呢那样的眼神看着我，不久举起手中的玩具说："这是托马斯！"随后什么事也没有似的继续玩玩具。

夫人折回客厅。

"让您久等了。"她边说边把几张照片摆在桌子上，"只找到这几张。"

"这就够了。"我挑出一张，"借这张好了。"

第三章

1

早上八点多来到JR①的一个小站。从这里到登山口，只能坐公共汽车或出租车。同乘一列车来的几个登山者走进生有火炉的候车室等公共汽车。到登山口坐公共汽车需四十分钟左右，但班次少，下一班要等三十分钟。我走到一辆在站前待客的出租车跟前，把背囊扔进行李箱。

波佐间仍未有消息。昨天夜晚往他所住山庄以外的镇办登山小屋打了电话——如果自带食物，登山小屋接受登山者入住，因此他有可能利用——但没有仿佛波佐间的人入住的迹象。作为剩下的可能性，也就是无人的登山小屋了。我设定的路线里边

---

① Japan Railways 之略，日本国有铁道民营化（分六家客运和货运公司）的通称。

分别包括一个无人管理的登山小屋和一个避难小屋。喜欢自由自在的登山者常常主动利用这样的小屋。考虑到今天是星期日，波佐间也并非没有这一可能性。

但另一方面，倘若陷入困境，我自以为是的判断就可能招致无可挽回的事态。恐怕还是应该说服夫人递交搜索申请书才好。就算行踪找到了，一个人步行收集到的情报也有其限。但作为我，希望得到说服自己的材料。此事说不定毁掉波佐间的前程——我需要导致那一决定的实实在在的背景。我想通过身临其境而尽可能将随意性要素从自己准备做出的选择中排除出去。

汽车绕山麓奔驰。一条冷冷的河在路旁蜿蜒而行。河水很暗，分不清是蓝色还是绿色，河面笼罩着白雾。零零星星开垦出来的田充其量只能维持一家糊口。田埂的杂草被霜打过，漾出冬日的萧索氛围。

跑了三十分钟，车驶入一座小村落。我在公共汽车站那里下了出租车，马不停蹄地登上车站对面的小石阶。沿简单铺有沥青的农用路前进，再顺坡路爬到顶头，见有一个路标。依它的指示拐去左边的山梁。坡度徐缓的平路持续了一段时间。爬上人工林覆盖的山梁东侧山腰，坡度很快变陡。穿过一道浅谷后，一片阔叶林舒展开来。红叶期已过，落木萧萧。虽然坡势变陡，但也许身体升温，脚步顺利加快。

为什么登山呢？我有时试着发问。煞有介事的原因马上找了出来——由于住在城市的被称为白领的职业种类增多，劳动正在失去劳动的形式。每天从事的工作内容，总之就是语言操作。和人说话，整理信息，制作资料和文件。这些是否算作劳动且不说，能够巧妙操作语言的人在工作上都视为优秀分子，笨拙之人被按以无能的烙印。而登山仍有保留着劳动本来面目的地方。唯有正确判断体力支出的人才能返回。辛劳任何时候都可得到回报。能开车和坐缆车抵达山顶附近的山的确多了起来，然而登那种交通便利的山所得到的喜悦到底是有限度的。

有的画尽管画得细致而准确,却给人以好像什么也没画的印象。无论画得多么巧妙,从中感受到的无非技术而已。我们的工作也有同样的地方——越是变得精巧,虚无和空白越是浮现出来。在越干越裸露枯燥无味真相的工作当中,我们领略的是自己逐渐沦为抽象存在的不寒而栗之感。有时甚至对打个电话就几乎可以满足所有需求的生活方式产生莫名的惶恐,这是因为使自己这个人得以成立的诸多要素除了特定部分正在迅速退化。

我之所以过了青年阶段仍断断续续坚持登山,大概是因为想据此确认自己生命的所在。或者试图通过以最低限度的用具和食物养活自身这一方法来触摸日益失去的生存轮廓亦未可知。在他人看来,有时显得纯属没事找事。把自己的身体连同行李从山麓一步接一步运抵山顶。忍耐酷暑严寒,用粗糙的食物填塞空腹,在一股汗臭味儿的睡袋里像死尸一般沉睡。可是,那未尝不是旨在自然地势中重新拾回正在都市生活中失却的身体感觉的极限行为。

不知不觉之间，已经走在视野不好的树林地带了，杉树和丝柏等乔木下面长满纵横交错的灌木和凤尾草。蓦然回神，我止住脚步把握周围情形。为慎重起见，我取出地形图，按比例找出自己所在大致位置。本来，人的方向感似乎在某种程度的广阔空间中才能启动，而在这闭塞的树林地带则令人吃惊地指望不得。纵然在很多人登山的山中，路的形迹稍一断绝也可能迷路。我姑且把纷纭的杂念逐出脑海，一边留意标志一边移动脚步。

在没有伴侣而单独行走的情况下，穿越幽暗树林时的心虚感是很特别的。这么走起来，觉得青木原等树林成为自杀名地的缘由也好像可以理解了。例如自缢和跳崖等自行冲入暴力之中的行为，在最后关头必然伴随一种飞跃。即使服药自杀，在把药搞到手的过程中也有向死迈进这一意识介入。若是讨厌做作之人，很可能在此阶段客观看待自身而回心转意。可是若置身山间，就能够直到最后都避开死亡意识，可以一边自我辩解说"没打算死"一边走上绝路。对于抛弃安全性和自己保护这一念头的人来说，山到处是危险的陷阱。不仅仅对于想死的人是危险的，甚至开始失去求生欲望的人、淡泊于生命的人在山里也都容易走进死亡深渊。

我怕的就是这点。很难认为波佐间有明确的自杀企图和失踪意志。但活累活厌的人在树林里闲逛起来，肯定迟早迷路。山的魔力有可能把因工作和公司人事关系心力交瘁而陷入朦胧厌世心境的人一步步拖入黑暗领域。在劳累、饥饿和生命危险的逼迫之下，平时由于无数层社会框架遮挡而难以看清的东西势必现出原形。套在人格上的箍松了，内侧潜伏的本性暴露出来。无意识的自控力不再起作用，不妨称为死之欲念的东西探头探脑……梳理到这里的时候，我开始规劝自己，切断如脱缰野马的思绪。

走了一个小时，树林终于稀疏起来。树干和树干之间开始有青白色的天光泻下。视野开阔以后，要去的山在正前方出现了。山梁淡淡地挂着一层雪。虽然天空布满薄云，但没有风，作为这个季节算是暖和的了。登山路线绕经南侧山腰，呈马鞍形状。从那里开始变成锯齿形的沙砾地带。景色不错，但我没有歇息,开始爬高。沿着曲曲弯弯粗粗拉拉的沙石路前行不远,山庄红色的屋脊映入眼帘。单独行动总是比预定时间快,下午刚过一点就到了目的地。

2

出示相片,山庄主人记得波佐间的长相。登记的时候要求在笔记本上写明翌日行动计划。波佐间写的一如我设定的路线:沿山梁下到山麓村落。若按计划行动,昨天傍晚之前必须下山。

"星期五、星期六天气怎么样?"我问。

"不很差的。"五十光景的山庄主人以随便的语气说,"没下雪,也没听说起雾。不过,如果还没回来,最好尽快申请搜索。"

既然在笔记本上写下了行动计划,那么应该是打算下山的。仍没下山,说明遇难的可能性很大。或许如山庄主人所说,提交搜索申请为好。

登山者们陆陆续续到了山庄。既有新来的,又有寄存行李而去附近山上回来的人。他们细看波佐间的相片,问说"不见了?"

"这个人嘛，昨天在天狗亭那个避难小屋见到了。"其中一人说道。此人个头不高，四十岁左右，鼻下和下巴蓄着胡须，额头缠有红色印花大手帕。

"没看错？"

"不会，确实是这个人。"对方拿过相片点头。

他说他是昨天一大早离开山庄，轻装简行去登黑头岳的。在顺路进去的避难小屋见到了波佐间模样的人。

"背囊和鞋都是新的，而且一个人，对吧？我好奇地问他去哪里，他分明说打算登黑头岳来着，尽管连冰爪都没带。这个时候没有冰爪很难登黑头岳。"

"那么？"

"所以我那么提醒了嘛，结果他笑着说那怕是很难吧。"

"猜不出他去了哪里？"

"应该返回了吧？"对方想了想说，"见到那个人是昨天上午，登完黑头岳傍晚又回到避难小屋时他已不见了。"

"昨晚您住在避难小屋了?"

"那是的。"

波佐间离开山庄是在昨天早上。之后,不知何故他没有走沿山梁下山这条路线,而往这一带最为险峻的黑头岳那边赶去。不明白他为什么如此行动。就算路上改变主意,考虑到自己的体力和装备,不用其他登山者指出,他也该清楚那是很困难的。从这里到避难小屋需三个小时。就是说,他应在昨天上午到达小屋,登山者也是这么说的。问题是其后波佐间去了哪里。很难设想天气上有滞留的理由。

借山庄电话同在家等候的夫人讲了几句。夫人说依然没有消息。我把迄今的经过和从山主获取的情报告诉了她。

"既然波佐间偏离预定路线采取令人费解的行动,那么还是提交搜索申请为好,我想。警察也不会马上行动。在获得有遇难可能的确凿情报之前,不至于出动直升机或组织搜山队。但若说明情况,情报是会搜集的。反正今天要提出申请。我说辖区警察署电话号码,请记下来。先打电话说明情况。

根据情况，也可能有必要直接去一次当地警察署。那时不要告诉公司里的人，暂且太太一个人行动。"

"明白了，就那样做。"大概是由于情况明朗了，夫人反而振作起来，痛快地应道。

"我继续跟踪波佐间，追到哪里算哪里。如果遇难可能性大，即使为了确定搜索方针也还是有情报为好。先去他可能顺路到过的避难小屋看看。只要电波允许，随时报告情况。"

放下电话，我在食堂桌子上摊开地图确认路线。事态比预想的还严重。倘若波佐间不走我设定的路线下山，他就要绕经主峰线北侧从山梁下山。这条路线，若一大早从山庄出发，即使慢走也当在傍晚时分到达山麓温泉。因为位于邻县一侧，就回家来说固然绕远，但下山后泡个温泉对谁都有诱惑力。波佐间年轻时候就喜欢——只要时间允许——在温泉旅馆悠悠然住上一夜才回去。假如路上心血来潮改变计划，考虑到今天是星期日，那么下到温泉镇的可能性最大。可是他到过避难小屋，这意味不得不抛弃那一可能性。因为那同下山去温泉的路线差不多方向正相反。

黑头岳是为一般登山者敬而远之的险峻的岩峰,尤其山顶附近如刀削一般陡峭。从远处看,似乎非攀登岩壁不可,而实际岩峰之间有登山路可循。若是夏天,体力好的年轻人有时不管三七二十一朝山顶登去。但在有雪的这个时节,就须带冰爪攀登。因此,若非多少带有冰爪的人,恐怕很难爬上顶峰。何况波佐间连轻型冰爪都没带,难以认为他有爬黑头岳的念头。那么他为什么去那样的地方呢?在避难小屋见到他的登山者说他好像真要去爬,事情匪夷所思。

食堂窗口外面,无遮无拦,视野开阔。远处的山梁薄薄挂着一层雪,白莹莹的。从山梁陡然下倾的西北斜坡大概因为风刮得厉害,几乎没雪,褐色枯草之间点点处处探出黑乎乎的岩体。对面斜坡则为有雾的树林,如厚墩墩的地毯连绵起伏,接向远方。

从这里到黑头岳避难小屋,仅有现在看见的山梁一条路。没有遮蔽物,天气不好想必遭遇强风。

山梁不宽，中途迷路不大可能。在地图上看，山梁稍开阔的地方有个避难小屋，登山路从其旁边擦过一般伸向前去。小屋往前只有登山路。若不登黑头岳，到这山庄后只好返回。中途有几条下往山谷的岔道，但都从密集的树林地带穿过。因此只要不在山梁遭遇相当厉害的强风，不至于有哪个登山者偏要进入。可是，倘若波佐间进入其中的话……

走出山庄时，觉得四周好像变得昏暗了，但看表，还不到两点。若抓紧时间，说不定可以赶在太阳落山前在避难小屋周围搜索一番。如枯萎的牧草一般短的荒草覆盖着缓缓起伏的山体。上面落的雪还很松软，踩过的地方融化了，露出地面的土和杂草。云从西北坡随心所欲地涌来，又不觉之间撤去哪里。连绵起伏的山麓高原雾霭迷蒙。

由于背着睡袋和食物移行，想必疲劳积了很多。本来应该边歇边走，却又觉得一旦歇息，身体反而容易记起疲劳。于是光看脚前行走。累了，身体自然前趋。露出尖利小石子的地面薄薄盖了一层雪。每迈一步，雪都吱吱作响。由于肚子饿了，边走边吃营养补充品。

一边走一边漫无边际地思来想去。人可以靠背上一个背囊里装的东西相应活下去。即使轻装简行单独行动当中，也能设法弄到工具或用什么代替对付活下去。如果成帮结伙，因为可以通过共同装备增加携带的东西，所以更有余裕。假如我们的社会是像沙漠牧民们那样相互帮助的社会，就没有必要用装纳不完的东西把狭小住宅塞得满满的。众人需要的东西以共同装备充之，只保留最低限度的个人装备即可。

之所以需要大量物品，是因为谁都想作为自由的个人生活下去。其欲望本身是不应该否定的。但为此必须林林总总拥有很多，以致我们要过多地劳动。虽说是富足的社会，但每天早晨都睡眼惺忪地被推上人挤人的通勤电车。

自由是个荒唐的东西，我想，以有限的用具和食物谋划起来，肯定是不自由的。夏天在山里口渴也不能满满喝一肚水，冬天无法烘干雪水弄湿的凉袜子。这些若称为不自由,可谓不自由至极。尽管如此,还是登山不止。所以如此,是因为从物质性不自由之中感受到仿佛与其成反比的自由。被绰绰有余的东西包围着吃好的玩好的……这样的生活有时让人觉得不自由。自己的欲望似乎是在消费社会被制造出来的,本应予以享受的自由感觉上却像一种强制,以为是自由的自己实际上却像是被迫自由的不自由生物。

我想到由希。她的自由是怎样的呢?肉体自由如沙钟滴落一刻不停地减少。当下几乎可以说床上就是整个世界。登山的人知晓的不自由中的自由她也知晓不成?那种自由在哪里呢?在我所不知道的地方,还是没有缘分的东西呢?那样的东西莫非已经放弃了……

3

避难小屋里一个人也没有。我把东西放进去,然后去附近转了转。挂雪的山梁失去白天的光耀,即将作为沉沉大地的一个块体迎来夜幕。其中,只有夕阳辉映的山梁线如锋利的刀刃闪闪发光。登山路在小屋前面不远的地方进入树林。林中已暗得该用手电筒了。四下转着找了一会儿线索,而后一无所获地往小屋折回。回头一看,身后耸立的黑头岳已失去远近感,一如其名,黑乎乎膨胀着压上身来。

可以住四五个人的小屋一角有个火炉,我把套装炊具放在炉上,开始烧水。同时用手机往波佐间家里打了电话。幸好电波抵达,夫人接起。我报告了现在所在位置和此前的经过。她说她已按我的指示,向辖区警察署讲了情况。

"对方怎么说的?"

"说时间还没过去多少,有可能因为什么下山晚了。如有联系,再马上告知。"

光凭那些情况,警察也恐怕不会行动的。

"明白了。请即刻告诉警察,说依然没有联系。公司那边怎么样?"

"丈夫身边的人到底开始担心起来,准备今晚来我家商量对策。"

"申请搜索的事,他们也知晓了吧?"

"嗯。"

"既然那样,我想让公司方面也向警察施加压力为好。"

"那样做就是。"

"所幸这边天气好,气温也没像预想的那样下降。因此即便迷路,情况也不至于很严重,想必在哪里露宿呢。到了明天早上,警察也应出动。因为一来推迟了一天半,二来在公司处于负责地位的人到星期一早上都没联系显然是不正常的。反正明早再联系。"

晚饭用冻干布丁饭和速溶西红柿汤简单对付

了。因是突然决定的单独行动,首先考虑减轻行装,食物带的也只是最低限度的。加上压缩饼干,明天一天是问题不大的,但再往下就要忍饥挨饿。

由于累了,把睡袋铺在小屋地板上早早钻了进去。闭上眼睛想波佐间。他也不至于带多少食品。昨天和今天两天是怎样对付空腹的呢?还是说走火入魔到了不知饥饿的地步了?我琢磨波佐间的心思:他离开了山庄,却不想乖乖下山。下了山,等待他的是他所属的世界。持续恶化的业绩,公司里的艰难处境,以及……

不清楚自己在怎么想和愿意怎么想。当然,不可掉以轻心这点是清楚的。不过,置身于和波佐间同样的境地,莫如说自己对他令人费解的行动有了强烈的共鸣。最后,竟至对大约位于山中某处的对方悄声低语:是够伤脑筋啊!

不错,名义上我是应夫人之请来追波佐间的,而希望奔逃一般进入这山中的却又是我本身。在被什么追逼这点上,波佐间和我没什么区别。就是说,两人都需要逃路。波佐间想逃离下界的羁绊,我想逃离由希难免一死的未来，逃离命中注定的世界。说不定此次进山是为了从被她的死装点的心灵空间中挣脱出来，想在看不见她的死的地方销声匿迹。

这几个星期，医院一直作出院准备。由希和父母开始接受家庭疗法的指导。跟护士学氧气瓶的使用和更换方法，反复练习氧气流量的调节和加湿瓶蒸馏水的更换。尤其氧气流量的调节因直接关系生命，需慎之又慎。

对于本人，那有可能成为危险的诱惑。如果她为了寻求可以呼吸自如的世界而稍微动一下氧气瓶的调节钮，就能轻易达到目的。即使出于一时的动摇或冲动——不是出于深思熟虑——也可以通过小小的操作而造成无可挽回的后果。用于维持生命的装置，同时也是结束生命的装置。

如果我答应帮忙，就可以起到安全网作用，避免她草率行动。我若同意在她难以忍受呼吸困难的时候"帮助"死亡，那么由希过早迎来死亡的可能性就小了。或许死的承诺在结果上延长了她的生。

这好比象棋中被将之时。若想死里逃生，就必须暂且牺牲其他棋子。选项有以下三个：

（1）帮她自杀。

（2）只承诺而实际不帮。

（3）一开始就断然拒绝。

（1）的风险。法律上有可能被问以杀人罪，技术上有何时实施的问题。进而，心理上势必为下手弄死由希这一事实而痛苦。好处方面如何呢？首先可以解除她对于呼吸困难长时间持续的恐怖和不安。其次由希可以因为我发挥安全网作用而不必草草决断。这在结果上可能延长她的生命。

（2）的风险。基本不存在法律上、技术上风险。只是道义风险大。只承诺而不履行将使自己受懊悔之念的折磨。"说谎也是良策"这一谚语在这种情况下也得以成立吗？说谎也许让由希安心一时，但最后难免觉察出我的用心而感到自己被出卖，在对我的怨恨中死去。

（3）的风险。由于未保证她安然死亡，将同样留下懊悔。若得不到我的帮助，由希或许选择早死。也可能因为我不帮忙致使其自杀不顺利，结果大脑受损,面对更加痛苦的临终时间。

还是应该承诺不成?换个想法,此乃"高风险高回报"的选择。而且,承担风险的是我,好处(假如可以这样说的话)全是由希的,恰是作为投资家绝对做不得的选择。如何是好呢?我想起一次看过的关于风险经理的一本书。上面说 risk(风险)一词的原意是"以勇气尝试"。莫非眼下正是该以勇气尝试的时候?从等价交换原则看来,现在恐怕正该勇敢地触犯这一再重大不过的禁条。

我觉得自己还没作好准备,很多东西都需要梳理。工作的事和沙织的事……但情况一刻也不停止发展,留给我的时间已经有限。

我想起一次对由希讲起的拳击电影。十四年前分手的两人相逢时互相为对方吸引。一方是组织的背叛者,一方是组织干部之妻。本应相距最远的两人之间的纽带,并未因相隔十四年而受损。为什么呢?他蓦然心想。或许岁月真的不会改变人。曾经相亲相近的两颗心随着时间远离,而那不意味时间改变了人。因为人与人相离本来就和站立的场所是两回事。两人之所以在一起，是因为一开始就站在同一场所。时间使这点浮现出来。时间风化和冲刷多余之物，只留下真实的东西。什么都一成不变。

我们的情况如何呢？沙织和我站在同一场所吗？我和由希之间的真实呢？多余之物被风化和冲掉之后留下的东西呢？我好像既想知道，又害怕知道。

尽管身体疲劳，脑袋却很清醒，无法入睡。我拉过枕边的背囊，借着手电筒光摸出一袋水果干，将一块干燥了的水果硬块含在嘴里。橘子和香蕉那令人亲切的味道荡漾开来。这是平时根本不想入口的那类食品。我一边沉浸在不无造作的甜味中，一边没头没脑想着五花八门的事情。我久久不加抑勒，让一颗心自由彷徨。一阵阵刮来的风，乱得小屋周围的树木飒然作响。风绕过山梁，使整座山发出低吼。思绪到处飞移，最后仍返回由希身上。

好几年前还能够外出的时候，曾两次去看海滨的烟花。离得近容易陷入交通堵塞，决定从像怀抱海湾一般伸出长臂的岬角对岸观看远处升起的小小的烟花。车停在路旁合适的位置。

"英语里烟花怎么说可知道?"我问。

"怎么说?"

"firework,不觉得像是工作似的?红色和蓝色的小火球好比你在那边跑、我在这边跑。"

由希低声笑了,然后把脸转向车窗外黑暗的大海。

"声音听不见的?"

"不至于吧。"我放下车窗,"喏……"

黑暗的空中有烟花腾起。光亮快要消失的时候,终于有声音传来。

"现在听到的声音是从海上跑过来的。"

由希再次低声笑了。之后两人都安静下来。我把脸凑到由希唇边。她的嘴唇干干的。从便装和服的空隙间轻轻伸手进去。向两侧分开领口,纤细的肩露了出来。顺势把衣服拉到胳膊那里。由希的乳房看上去好像中途停止了发育。我把耳朵轻轻贴在左侧乳房下面。开始出故障的心脏微微跳动,拼命输送血液。我就那么久久听着心跳声。尽管虚无缥缈，但分明是生命的律动。

"永江君，你不再婚？"她唐突地问。

"眼下还没那个计划。"

"有相处的人吧？"

"你是说除了你？"

她默默点头。

"不，没有。"

"说谎。"

"怎么？"

"可是……"她欲言又止，伏下脸去，"没有必要为我说谎的。"

"没说什么谎！"

确是说谎。那时我已和沙织相识，周末开始同床共衾。倒不是有意隐瞒，却也不是应主动坦白的事情。不过对方好像知道了。

"为什么认为是说谎？"

她一声不响地注视黑魆魆的海面。少顷，合起和服领。

"因为你不可能对我满足的。"她说。

"说法蛮自信的嘛。"

"毕竟我有这种病……"

"毕竟这种病?"

"反正是不健全的。"她像要结束交谈似的说,"好比只能制冷的空调机。对付得了夏天的热,对付不了冬天的冷。"

"可不是在那种功能方面交往的哟!"

"知道。空调机是比喻。"

"知道,那个。"

烟花已经结束。刚才那几发打得那么来劲,大概因为是压轴戏。烟花结束后的寂静,带有类似小吵小闹的余味的尴尬,唯独拍岸而又撤回的浪涛声从黑暗的海岸传来。

突然,由希打开门下车而去。我来不及搭话,只管跟在后面。走下路肩就是海。瘦瘦的沙滩呈细带状伸往岬角端头。

"最好别往远处走。"我从后面劝道。

由希朝水边走去。到了有水的地方脱掉鞋,稍微提起和服底襟。

"好久没碰海水了。"她以忘情的语声应道,"真想就这样走去海湾。"

她按自己说的前进了两三步。水已夹到小腿那里。海湾吹来的风拂动着她的头发。零乱的衣领之间露出白皙的胸部。我鞋也没脱就进入水中,慢慢走近,从后面轻轻抱住她。

"回去吧。"

她微微摇头,就像要摇掉不成话语的什么。

4

走到外面一看,四周已大雾迷漫。雪没有下。雾不时流散开去,起伏的山梁从中现出。大概风刮得相当厉害,山梁的雪几乎荡然无存。但风刮不到的树林那边,树梢因昨晚下的雪变得白白的。面对眼前变亮的山,再次感到要想从中找出一个人来实在鲁莽得可以。从出城时一直持续的类似发烧的亢奋感已然消失,开始无奈地问自己下一步打算怎么办。一股后悔莫及的情绪如笼罩山梁的云雾阵阵涌上心头。

姑且往波佐间家打了电话。夫人一如往次接起。她说警察终于倾向于认为遇难,开始行动了。似乎向周边警察署介绍了情况,开始从登山小屋相关人员和登山者等人那里搜集情报。

"马上和公司的人去那边。"

"明白了。我这就返回山庄——搜索队进来，那里应该成为据点。"

简单商量几句往下的安排，关掉电话。听得可能开始搜索后我也没有产生释然之感。担心为时已晚的心情反倒强了起来。恐怕还是应该在从夫人口里听得波佐间上山时当即申请搜索才对。星期六上午提出申请，警察当天就可能动。因中间夹着星期日，结果搜索整整晚了两天。而那足以导致一个人非生即死。

胸间的嚣喧很难平息。为了让心情镇静下来，我深深吸了口气。山中冰凉的空气流入我的肺腑。我重复了几次。待脑袋稍稍清醒过来时，我试着重新冷静地分析情况。

前天也就是星期六上午，波佐间确实在这里来着。应当站在同一位置眺望同一景色。按在山庄见到的那个人的说法，无法设想波佐间已经登了黑头岳。那位登山者说，上午同在避难小屋大约是波佐间的人交谈之后，他就去了黑头岳的山顶，而同一天傍晚下山回来时波佐间已不在了。这意味着，在登山者往返黑头岳山顶的时间里波佐间撤离了这里。但没回山庄。那么，莫不是在山梁什么地方进入树林里了？根据实际走过的经验，很难认为会从西北坡下山。强风扑面，估计气都喘不过来。莫如认为他在山梁被风吹得一时躲进了树林为妥。

我背起背囊走出避难小屋。一边注意树林地带的山梁，一边沿通往山庄的路慢慢行走。雾像奔跑一样涌动。前方连绵的山梁时刻变幻莫测。近前一看，从山梁到树林之间的斜坡，陡得不亚于西北一侧，需在凹凸不平的岩石上以近乎确保三点的状态下山。若从这里下去，就会在树林中略略歇息。歇息时间里难免会变得懒得返回山梁。

据说几乎所有的迷路现象都发生在下山的时候。迷路时一个铁的规则就是折回迷路地点。但下山时即使中途有所觉察，采取折回迷路地点的行动也是意外困难的。尽管登三十分钟即可折回正确路线，但也是因为疲劳上身的关系，一度下来的路往往让人视为畏途。结果虽然觉得不对头却又试图一步步走下山去。这种无休无止的反复致使人愈发心焦气躁，无法保持冷静的判断力，随即开始打转转，仅仅五分钟时间感觉上好像一两个小时。于是在错误的时间感觉的追逼之下愈发难以自拔。

作为道理考虑起来，越往下走山麓越宽，一旦迷路，正确路线就越难找到，最后很可能陷入彷徨状态。甚至误入复杂的岔路，被瀑布挡住前行不得，不小心跌落下去。对此心里固然明白，而脚却一个劲儿下行。一如水往低处流，人大概也是习惯性赶往下游的。而持续下行，迟早碰上山谷。顺谷而行，就会走到村落。波佐间大概也是这样深信不疑，在几乎没有像样的路的树林中行进的。

连续走了一个小时也没发现什么线索。天空依然灰蒙蒙的，看样子马上就要下雪。沿平坦的山梁路走动之间，突然产生一种仿佛致使全身萎缩般的饥饿感。因赶时间，早饭也没吃就奔出了小屋，身体好像开始缺氧。我开始物色适合坐下歇息和吃点东西的地方。走了一阵子，在山梁稍微平坦的地方发现一个散乱扔着空罐的场所。有个正好让人坐下的平石板，附近堆着无甚意义可言的石标。我当即放下行李，吃了一点椒盐饼干和奶酪。

当我再次背起背囊，准备趁好歹暖和过来的身体还没发凉的时候动身之际，发现从山梁急剧变陡的斜坡即将消失在林中的那个地方，有草被踩开的痕迹。多是岩石的斜坡覆盖着雪，只有同树林分界那里雪变薄了——也许被树梢遮挡的关系——勉强辨认出一条仿佛小路的路来。

取出地图一看，约略变宽的山梁路下面有几道山谷。其中也有的很险，挤满了等高线，但若顺利，可以走到山麓有人家的地方。而若途中被灌木林和瀑布挡住去路，没有充分的装备就有脱身不得的危险。如果想折身返回而误入岔谷，势必像被捕鼠器捕住一样无法挣脱。

我掏出手机给山庄打电话。电波勉强抵达。昨天也说了两句话的那位管理员接起，得以顺利沟通——看来山庄那边也好像被警察问到了。我告诉他自己现在所在位置。

"树林中发现了踪迹，追一程看看。"

"是山梁路石标那里吧？"

"为慎重起见,把红手帕系在这里作标记。"

"明白。小心你自己别迷路。双双遇险可就麻烦了。指南针呢?"

"带着。"

"迷路了,爬回山梁就是。那一带的山谷,大多有大大小小的瀑布,注意别冒险。"

"知道了。"

我关上手机,装进背囊。进了树林,电波就无法抵达了。我把冰爪和鞋罩绑在登山鞋上,又把用绳子连在腰间的冰镐拿了出来,开始背朝后缓步下山。正用冰镐做支点寻找落脚处,发现原来正好一步宽的地方有凹坑。没有路标,也没出现在地图上,但昨晚下雪前肯定可以清晰看出路的痕迹。下完最后的乱石场,总算到了树林入口。

从山梁看到的,仍似乎是路的痕迹。但痕迹进入树林后陡然模糊起来,十米左右开外完全隐没在树下杂草里。我凭直觉感到这条痕迹不是地图上漏掉的岔路一类,而大约是刚才在堆石标地方休息的登山者们为解手而走进偏离主路的树林后踩出来的。也就是说，看上去像是岔路的东西并没有通向哪里，在树林入口就终止了。

薄薄的积雪上面仍有新脚印，是没套冰爪的普通登山鞋留下的。我想肯定是波佐间的。雪上的脚印看上去毫不犹豫地进入树林。这是为什么呢？脚印主人在想什么呢？到底打算赶去哪里呢？不可理喻的疑问塞满胸口，只能就此跟踪下去。我循着脚印移步前行。

四下里没有人的动静，就像山梁散乱扔着的空罐根本不曾有过似的。林木暗幽幽挡住视线，一直往前伸展。我忽然一阵不安，止住脚步。抬头一看，好像起风了，树梢大幅度摇来晃去。我重新迈步。山坡没有全部向下，不时有上坡或大块岩石出现，也有时地面凹陷下去。树林也太密，有的地方甚至很难通行。雪地上的脚印绕过这些障碍物前进。没有使用冰镐和滑雪杖的迹象。不知是没有带来，还是嫌麻烦没用。若仅靠登山鞋下雪坡，不但有跌倒的危险，还无谓地消耗体力。看来，波佐间处于孤注一掷的心理状态。

除了自己的脚步声，附近悄无声息。我忠实地踏着先行者的脚印向下走去。若非树林之中，昨晚那场雪恐怕早把脚印消掉了。由于树冠遮住了雪，脚印比后面积雪上的更为清晰。感觉上新得不得了，继续跟踪下去，好像很快就能追上。踏雪的脚步声听起来似乎很远，一种类似打盹的恍惚感随同脚步声爬上心头。时间观念开始失去。看表，才上午九点刚过。

我乖乖盯着脚下前行。不觉之间，留下的脚印开始左右摇晃。步幅变窄，看得出已相当疲劳。再往前走，在倒地树干腐烂出一个窟窿那里找到脚印主人似乎坐下休息的痕迹。烧火的迹象固然没有，但掉了几块糖果包装纸。我猜想怕是食品见底了。或者没动应急食品而用这个充饥不成？

树林里万籁俱寂，附近小树枝都不动一下。既没有鸟的叫声，又没兽类潜伏的气息。整座树林就好像彻底咽气一样静悄悄躺在雪地里。但我刚才就感觉周围已开始荡漾一种不谐调气氛。当学生的时候，一次下山路上见到一个绿色背囊掉进雪溪。虽觉得蹊跷，但径自走了过去。偏午时候下到山脚的镇子，得知登山者遭遇雪崩，山岳攀登队正赶去救助。从雪崩发生现场分析，我见到的背囊不大可能是遇难者的。可是在皑皑的雪地上看见一个孤零零躺着的背囊的时候，我产生一种不吉祥感也是事实。

在山里边，有时会有预感命中的奇妙体验。不知纯属巧合还是事出有因。但如此重复几次之后，我就有了一种习惯：每当自己被无可言喻的不协调感俘虏之时，便认为是险情的前兆而小心行事。现在我又觉出了不谐调感。

树林开始一点点明亮起来。地面的雪几乎消失，腐植土之间有几缕水流淌。由于土软，脚印仍未中断。时而出现跌倒的痕迹。腐植土被登山鞋蹬开了，露出下面泛红的土。这显然是脚已没有踏力的证据。没有冰爪没有冰镐就下雪坡，自然是这个样子。大概没有力气迂回了，脚印随意从溪流穿过。

水逐渐汇集成一条细流，我沿流继续下行。虽说脚印几乎分辨不清了，但也只能从这里径直下去。

从周围地形看，可以得知山谷已经不远。急步前行之间，斜坡陡了起来。膝部往下像要瘫痪似的发软，我慌忙用力踩住，身体却在那一瞬间失去了平衡。没等用冰镐保持姿势，因背部行囊而变高的重心向后斜去，像被拽倒一样一屁股坐在地上，旋即开始下滑。我赶紧拿冰镐刨住，但在满是落叶的斜坡没办法制动，哧溜溜继续下滑。眼见前方有像是断坡的地形，我扭动身体用左手抓住冰镐的长柄支撑体重。镐尖碰巧刮在土中木根或什么上面，我两脚使劲一蹬，总算在断坡跟前止住身体。

我小心爬起，慢慢活动手脚，所幸好像没受伤。暂且后退到坡势徐缓的地方，放下背囊，解下冰爪和鞋罩。站起一看，足有三米高的断坡下是导水管形状的滑岩瀑布，瀑布在树林穿针走线一样接连而下。若掉入其中，很可能被一气冲到最下端的大瀑布那里。

我手抓灌木移至大瀑布的上端。高低差有十米之多，瀑潭不大，从那里往下是一道溪谷。如果下去，只能从高处绕过瀑布。环顾四周，一闪发现林中有个绿塑料布样的东西。近前一看,原来是在树干之间用绳子吊起的简易帐篷。

里面有个人。

5

波佐间穿着羽绒服闭目躺在睡袋上。带来睡袋这点让我多少舒了口气。同时让我意识到一开始他就没打算在山庄住一宿就下山返回。刚要招呼,他觉出有人而睁开眼睛。胡子没刮的两腮陷了下去。

"你来了?"波佐间似乎已预料到我来。

"受伤了?"

"腿伤了。"

他在满是泥污的野外作业裤下面穿了一件紧身服。

"哪里?"

"左膝……滑倒时像是磕在了石头上。"

外伤固然没有,但被磕部位四周肿得厉害,内出血,青黑青黑的。

"像断了似的?"

"啊，大概，不像一般扭伤。"

不管怎样，把受伤的波佐间领回山梁是不大可能的了。

"反正先紧急处置一下吧。"

背囊里面有一把折叠伞，我把用小刀割开的化纤毯子缠在上面当夹板，把毛巾当缓冲垫贴在大约骨折的左腿上，用胶带固定。

"我家那家伙联系的？"他问，没显得不好意思。

"别太让人担心了！"我以不多过问的语气应道。

"对不起。"

我不由得注视对方。

"反正吃点什么好了！"

波佐间背囊仅剩一点点甜纳豆和坚果等糕点类东西。我除了一袋干式炒饭和一袋饼，只有 Calorie Mate[①] 等应急食品。我用套装炊具打来流往大瀑布的溪水放在火炉上。等水开的时间里打开

---

① 日本畅销的一种补充维生素、矿物质和蛋白质的营养食品。

手机电源,电波仍达不到。

"昨天你太太交了搜索申请。警察也好像没马上动,到今天早上才判断遇难的可能性大。"

"那么,搜索队要进来?"

"招集不到人的时候,或许先派直升机。"

"在这个树林里,能找到吗?"说着,波佐间从树梢间仰望天空。听起来意思又像是说找不到更好。

"现在所在的,我看是这一带山谷中的某一条。"我打开地图解释说,"休息一会儿沿山谷往下去。下到电波能抵达的地方,用手机告知大致位置。那样,直升机就容易找到了。"

"有道理。"波佐间把目光转往瀑布方向,从目光中看不出他心里想什么。

"围你转的人够多的了。"我试着说。

他扬起脸,现出惊讶的神色。

"太太想报警,公司的人拦住了。"

"是吗!"

"怕是担心闹得满城风雨吧。"我把冻干的炒饭投入沸腾的水中,继续说,"如今这个世道,连去采蕨菜的老人一个晚上没回家都成了全国新闻,人家担心也是情有可原的。太太因为自己被他们盯住动弹不得,所以求我进山。"

波佐间沉思似的缄口不语,良久说了一句"添麻烦了"。无论脸上还是声音都不带明显的感情色彩。

"啊,一半算是我自己本身主动来的。"我以开朗的语气应道,"听说你一个人去了,觉得像是被甩开了似的。"

"倒不是那个意思……"

"开玩笑的!"对方乖顺的反应使我觉得意外受挫,"反正先填肚子吧。"

我把做好的炒饭倒进纸碗。虽说预先放了足够的水,但由于两人分吃一个人的,根本不足以填饱肚子。

"那个你吃吧,"波佐间躺着说,"我一直躺着,肚子也没饿。"

"客气什么!应急食品还剩着,傍晚又能吃上像样的东西。"

递出碗,他吃力地坐起接过,往碗里细看,钦佩似的说:"现在竟有这样的东西!"

"有这东西,不是就不用像过去那样花时间做饭了?"

"和洋中①,内容相当丰富嘛!"

"东西方便。"

吃完炒饭,给波佐间做了个速食西红柿汤。我脱去登山鞋,揉搓变硬的脚趾。

"何苦这么胡来呢?"我尽量以随便的语气问。

"何苦呢……"他事不关己似的应道。

我默默等他说下去。

"你约我爬山的时候,我就心想,对了,爬山!"波佐间闭起眼睛,似乎在清理茫无头绪的记忆,"休一个星期假,像学生时代那样爬爬山,沿着山梁从这个山头到那个山头……在单纯的爬山当中找出错综复杂的人生的方向性——我这把年纪的人竟然像

---

① 指和餐(日本餐)、西餐、中餐。

愣头小伙子似的想入非非。于是忙里偷闲跑去野外用品店。用具发展得很快,看什么都觉得新鲜有趣。晚上回到家,喝着酒摊开地图,任凭思绪跑到山上,就像铁道旅行爱好者看着列车时刻表品尝旅行快乐,恍惚到了山中。"他蓦然回神似的睁开眼睛,"可是,实际上不可能休假一个星期,两天都困难。当然,如果一意孤行也不是就不可能——改变会议日期,拒绝会见客人,为此必须履行那才叫烦不胜烦的手续。身边那伙人肯定这个那个说三道四,什么这种要紧时候登什么山啦等等。最后非叫我带上手机,以便完全掌握我的行动。那伙人完全可能打电话到山中小屋谈工作。"说到这里,他叹了口气,"只能秘密行动啊!"

"起码该告诉太太的吧?"

"信是留下了……"

"啊,可是……"

"不错,那封信是要让她担心。"波佐间回避争论似的承认,"这点,的确觉得抱歉。"

"哪怕跟我说一声也好。"我不无抱怨地深问一句。

"说得对。"他老实认账,以不含感情的语声继续下文,"反正想谁都不告诉就出门来着,莫名其妙地耍起了性子。打定主意谁也不告诉,回来后也不跟任何人说去哪里干了什么。连自己都觉得孩子气,也只能说是孩子气。"

他似乎想以自嘲搪塞过去,就此结束交谈。

"话虽这么说,可你不是预定星期六下午下山、傍晚回家的吗?"我咬住不放。

"问题就在这里。"他再次换上事不关己的口吻,"昨天……不,在那以前吧。今天星期几?"

"星期一。"

"星期四、星期六……那么,是前天。在山上时间够长的了!"他如梦初醒地讶然说道,"那天早上离开山庄的时候,忽然想登黑头岳。"

"又是胡来!"

"说得不错,是胡来,异想天开。不过,也不是上山前没有想过。"

"想登黑头岳?"

"还没登过黑头岳嘛!"他似乎蛮有正当理由,"从顶峰往下看会是怎样的光景呢,边看地图边如此这般想象个没完。所以忽然想到这个,心想既然到了这里,哪有不登之理呢!"

"登山是个危险活计,那么突发奇想,可是不好办的哟!"

"千真万确。"他有口无心地附和道。我以为他会哭,结果他语气意外恳切地说:"觉得站在峰顶把自己走来的山梁路尽收眼底,会发现什么变化。说变化也好,反正有可能让什么告一段落,定下往后何去何从的决心。"

"可是没登。"

"到底明白那是不可能的,雪相当不少。那个程度的判断能力,我也还是有的。"

"遇见留胡子的小个子了吧?"

"遇上了……对了,原来是他记得我的!"

"他说劝你不要登黑头岳。"

"那不准确,是我以自己的判断打消主意的。这倒不是自我炫耀,毕竟食物也剩得不多了。"

"反正离开避难小屋对吧？"

"嗯，昨天……不，前天中午。"

我在脑袋里核对日期。前天是星期六，那么同在山庄见的那个人的话相吻合。

"没有直接返回山庄的打算？"

"当然有返回的打算，你叫我往哪儿去呢？"

"那是该我来问的。"

"啊，倒是。"

波佐间唱和似的附和着，而后做出令人诧异的愁苦脸色。

"目不斜视地笔直走到中途。好天气，雪没下雾没起。时间上当天下午是有困难，但如果山庄能让我再住一晚，第二天即使慢慢下山也能在傍晚回到家里。本想从山庄给老婆打个电话的。回家是比预定晚一天，但毕竟是星期日，并没给谁添麻烦。前方山梁线清楚连在一起，哪里也没有岔路，想迷路也迷不了，简直就是我的人生。"

大概对这种带有演戏意味的说法厌恶起来，波佐间忽然打住。我等待他说下去。他果真又说了起来,就像一度停止的车轮重新启动。

"感觉上就好像看见了走在前面的自己的背影。从山庄开始走到另一条山梁,然后直线下山,返回市里,把想问这问那的老婆哄住,第二天去公司若无其事地处理工作,一切照常,无非把以前走过的路规规矩矩照样走下去罢了,也觉得那样未尝不可。说到底,过去我亦步亦趋地走过了自己从一降生时即已定下的道路,以后也将继续走下去……如此思来想去的时间里,觉得眼前连绵起伏的山梁可憎起来,虽然山没有罪过……"波佐间把比语气远为抑郁的眼睛游移地投往树林方向,"在山梁路旁边看见了一座石标。"

"石标我也看见了。"

他轻轻点头:"不知道谁为了什么堆的,也许曾有过遇难者。我以为是道祖神①向导什么的。扫了一眼,见斜坡有一条隐隐约约的脚踏痕迹,肯定

---

① 据说防止恶魔和保护行人的神。一般为石雕,较小,经常出现在日本乡间路旁。

是穿行树林的岔道……往下就记忆模糊了，时间的前后关系也稀里糊涂，意识到时，就像追赶杀父仇敌一般奔下树林。也许精神状态不正常了，没觉出不安和恐惧，或者不如说什么都觉不出，正常判断力早已无从谈起。没办法思考什么，怕是迷失自己了吧。五感被切断，好像被塞进了黑匣子。腿很快开始打晃，跌倒了好几次，结果就成了这样子。"

我们两人注视了一下受伤的腿。

"跟你说波佐间，总那样下去又顶什么用呢？"我以同案犯的口气说，"谁都有一两个难题，那东西是不可能一下子扔开消失的，再麻烦也只能一个个解决。"

我停下观察反应。波佐间呆呆注视自己脚前。

"时常控制不住自己。"他自言自语地说，"小时候就那样。上初中的时候，学校流行从安全楼梯的转角平台往下跳的游戏。有三米多高，不是谁都敢跳的。敢跳的家伙一个班仅限于运动神经发达的几个人。说干脆些，我算是运动神经迟钝的。随着进高中上大学，倒是逐渐变得和常人差不多了，但当时长得也矮，体育不擅长，从转角平台往下跳那类把戏，死活做不来。不料有一天一个同班同学向我挑衅。说的什么不记得了——既然不记得了，应该没说什么大不了的——对方想必也没以为我会真往下跳。可是我大踏步走上前翻过栏杆，一下子跳了下去。结果摔成重伤，被救护车送去医院，两个月才全好。"

"是够成问题的。"我轻轻带过。

"平时是个老老实实中规中矩的学生，但有时突然狂暴起来。"他以淡淡的语气说下去，"同样是上初中的时候，上课当中前座一个家伙把我的文具盒弄掉了，让他捡他不捡。倒也不是特别生气，可意识到时，我已经把自动铅笔尖扎在对方后背上。幸好没受大伤，事情作为同学吵架处理了。可若是小刀在手上，难免把小刀扎上去，像扎自动铅笔一样。这点我清楚知道，自己都感到害怕，觉得迟早要捅出惊天动地的事来。"

我看不出波佐间的话的意图。

"恐怕谁都有那种奈何不得的冲动。"我准备收场。

"是啊。"波佐间好像也无意恋战。

看时间,正午过了一点点。

"差不多该动手了吧?"我边穿鞋边说,"黑了连直升机都飞不来,也想好好吃顿晚饭。在这儿老实别动等我回来。"

"想动也动不得嘛,这腿。"

"由于装备关系,也许租用民间直升机,不要紧的?"

我之所以特别提出费用问题,是为了让波佐间多少找回现实感觉。

"钱的事别担心。"他说,"都让你担心到这个地步了……"

"两小时内返回。"

"路上小心。"他应道,眼睛并未看我。

6

使用安全绳躲过大瀑布下到山谷，而后顺山谷缓步前行。由于东西几乎全留下了，身体轻了不少。每次歇息时我都取出手机，确认是否进入电波范围。但是，山谷里电波好像很难抵达，试了几次都显示"范围外"。登上山梁肯定没问题，但往下懒得一个人穿过那片树林折回。没听得直升机声。这个时间还完全飞得了，气象条件也没问题。莫非搜索还没开始？我越来越急不可耐。

滑石瀑布和小瀑布交替出现的普通溪谷持续了一阵子。过得冰沟状岩板，水干了。顺利缩短一段距离之后，又一道十米左右高的瀑布出现了。我手抓灌木丛，准备从高处绕过去。而要进一步往前，就只能在不用登山绳保证安全的情况下横穿危险岩壁。坡很陡，加之有崩毁的河谷扎在上面，横穿怕要花很多体力和时间。若中途跌落下去，笃定重伤。本该放过返回这里才对。到达山梁石标前的行动路线已报告给山庄管理员了。如果搜索队进山，很有可能一两天内发现。明天直升机也该起飞。我说服自己，必须确保自己处于能动的状态以等人救助。

　　我一边逆向沿着刚刚走来的路线走动，一边考虑波佐间的儿子。上次去波佐间家临走时从夫人口中听来的话仍留在脑海。那是我要相片、夫人返回客厅时的事。两人的儿子也在。由于问了年龄的关系，错过了接过相片马上动身回去的时机。孩子伸开五指回答"五岁"的时候，我不由觉得他长得够小的。为了掩饰在小孩母亲面前流露的惊讶神情，我开始陪小孩玩。

　　"从丈夫那里没听说这孩子的事？"夫人迟疑地问。

　　"没有。"我不明白问话的含义。

　　"是吗！"

　　沉默片刻。

　　"有什么的吗？"

她没有回答，深深叹息一声。随后说出意外的话来："这次的事，我想原因恐怕在这孩子身上。"

夫人把幼儿用的录像带放进录像机，叫小孩儿的名字。大概是小孩儿中意的录像带。小孩儿不再玩积木游戏，坐在了电视前面。我们转去客厅沙发，夫人低声说了起来。

她说孩子从出生时就是个发育迟缓的孩子。三个月大做健康检查时，医生说脖子挺不起来。为了查明原因，夫人天天抱孩子去医院。先在脑外科做脑电图和CT检查，但没发现明显异常。循环内科也大体做了检查，还是没能查出原因。大致推断为分娩时呼吸困难造成脑细胞坏死，从而延缓了运动功能的发育。检查就此告一段落。

由小儿科医生介绍到区里的福利中心，开始接受理疗师的康复指导。据说德国人想出的理疗法对脑性麻痹的医治特别见效。不知是否由于康复指导的关系，运动功能一点点有了进步。半年前做不到的事可以做到了。两岁过后，虽然有些勉强，但终于可以独立行走了。随着运动功能以眼睛看得见的形式取得进展，原来表现不明显的症状、尤其感情方面的迟延和停滞开始浮出水面。叫名字也不回头，没有活力，麻木不仁，不够敏捷，对周围状况没有反应。

"尽管是去专门医院费周折得来的孩子！"讲完来龙去脉后夫人说道。

"医院？"

"波佐间家，想要个男孩儿作后嗣。"她避开我的视线，继续说下去，"所以一开始无论如何都想生个男孩儿。没有把握连生几次，但又不愿意在得知是女孩儿后打掉。结果，丈夫说有保证生男孩儿的办法。"

"体外受精？"

夫人点头继续："一般情况下据说是用于不孕治疗的，但那家医院好像同波佐间家有特殊关系，可以特殊对待。"

我没觉得意外，在电话中交谈起CRYOGENESIS公司时，波佐间的反应稍有些不可思议，想必此事触动了他的下意识。

"没有抵触心理。"夫人说,"通过精子银行使用他人精子不愿意,但这次仅仅受精是人工进行,只把男孩儿受精卵放回去。"

"如此生下来的孩子出现了障碍。"

"我想对丈夫是相当大的打击。"较之讲述内容,她的语气是平淡的,"酒量增加也是从那时候开始的。"

最后她这样说了一句:"尽管我知道是分娩时的问题。"

看样子夫人想把波佐间的出走同孩子的障碍联系在一起。实际上也可能那样。对于通过选择胚胎生下的孩子出现障碍,或许波佐间看得格外严重。不难想象此事在不断侵蚀他的心。

莫非波佐间到底想通过这次登山而来个自我消除不成?我这才把原先置于一旁的可能性放在正面。意外的是并没有紧迫感。一来怕是出于已经找到当事人的释然,二来——更主要的是——脱离这个世界也是我本身的潜在性愿望,自己也可能那样做。现在开始也为时不晚。进山寻找朋友,从此下落不明。作为脚本情节我觉得不坏。对谁都说得过去。不是吗？

三点一过，深谷底渐渐暗了下来。也是因为电话接不上带来的无奈的关系，我骤然涌起一阵疲劳，全身上下像灌了铅似的沉重。估计体力也已到了极限。很想休息一下，却又担心一旦坐下去再也无从站起。失魂落魄地继续行走之间，溪水的潺潺声和掠过林木的风声听起来似乎变幻不定。孩子们吵吵嚷嚷的说话声，大人的呼叫声，汽车的行驶声……明知是幻听，但又有一种期待刹那间划过脑海——没准意外近的地方有汽车道和人家。

返回波佐间所在的位置，天色已相当暗了。口说两小时内回来，但因步调放慢，仅回来路上就花了一个多小时。四周静悄悄的，什么声音也没有，唯独山的气息变浓。我奇异地觉得心神不定。因回来晚了，我歉疚地往帐篷里窥看。

波佐间裹着睡袋躺着，懒洋洋回过头，用浑浊的眼睛看我。

"回来了?"他以没有起伏的声调说,"电话通了?"

"电波达不到。"

"是吗!"他一副无所谓的语气。

我在树干间拉起绳子,吊起帐篷准备露宿。虽然炉子里仍有火,但我还是升起篝火取暖。可作柴火的木料附近横躺竖卧任凭多少都有。我用原木搭起骨架,拿小刀削火口点燃。火苗从点火用的枯枝舔向木料,一点点大了起来。火蹿大后,带来一种不可思议的安谧和欣慰。作为晚饭,两人把剩的饼分吃了。

"想喝酒啊!"波佐间说。

"明天就喝得上了!"

"是啊!"他点头。

须臾,他问带来没有。

"早喝光了。"

随着身体在睡袋里一抖,他皱起眉头。

"痛?"

"不要紧。"他大大呼了口气,而后又回到酒上,

"这以前几次都想戒掉来着。但真的想戒,是在连醉两日后的早上那种时候。"

"上了年纪,增多的只有白发和酒量,智商和钱财概不增多。"

"你没有年轻时候能喝了,怕是多了智商吧。"

"年老体衰罢了,喝不到连醉两日那个程度。"

波佐间闭起眼睛,似乎陷入沉思。随后又拾起话头:"当学生那阵子,两人常一起喝来着。"

"啊,那时候是无底洞。"我附和语气中开始意外渗出怀旧意味,"喝多少都好像整个儿变成尿水,想来也真够傻气的。"

"你很有两下子。"

"彼此彼此吧!"

虽说是山岳部,也无非比大学里的爱好者协会强一点点,平时也没什么像样的训练。一年到头部里的主要活动也就是欢迎新成员时的山中漫游和夏令营。往下顶多各自相邀爬爬附近山头。我和波佐间也该爬过几次,但时至现在,想得起来的较之登山,几乎全是喝酒。

我在经济系,因此和法律系的波佐间是在山岳部才见面认识的。不知何故,很对脾性,很快像老朋友一样要好起来。我常去他租住的单间公寓,大多时候带一瓶廉价威士忌去,从天刚黑开始喝,到日期变更时分喝得光光的。醉意上来,又去附近的便利店买酒,一直喝到天亮。

"也真是怪事。"波佐间说,"在树林里走来走去的时间里,边走边想那时候的事,当时想留校当研究人员来着。"

头一次听得。

"该是刑法吧?"我梳理模模糊糊的记忆。

"家里人似乎认为我既然念一回法律系,应当学学商法或民法等多少对公司经营有用的东西才是,可偏偏是什么刑法。"

"乱臣贼子啊!"

"啊,算是我的一种造反吧。"

"如同这次进山。"我试着泼冷水。

但波佐间没加理会,无意离开学生时代的话题:"毕业论文题目是现代犯罪论。正是莫名其妙的犯罪明显增多的时候：铁锤杀人案、巴黎发生的肢解荷兰留学生凶案……对那种猎奇性残忍凶案的嫌疑人进行精神鉴定的结果，很多都没发现有明显的精神障碍。弄不好，鉴定结果居然完全相反。"

"就像拳击裁判似的。"

他不肯定也不否定："从根本上说，如果鉴定结果两相对立，就差不多说明精神障碍这一范畴是有问题的。依我看，恐怕最好认为那种界线无效才对。"

波佐间似乎沉思良久。我往篝火里添柴。他突如其来地抛出一问："看上去异常的犯罪，哪里异常呢？"

我没出声。他也没往我这边看，兀自继续："杀了人碎尸万段，或切碎后吃了——以我们的常识是不可设想的事。可是，常识这东西是随着时代和文化的变化而千变万化的。任何社会都有类似常识幅度的那个东西，从中偏离的行为被视为异常。换句话说，由于时代和文化的不同，同样的行为既有时被视为异常，也有时进入常识范围。"

我已跟不上他的思路，遂看对方的脸。波佐间以自问自答的语气继续下文："碎尸万段之类，是未开化之人打败强敌的时候极为理所当然的做法，似乎认为具有防止对方苏醒和封住怨魂的效果。吃被杀敌人的肉，是为了将其力量纳入自己体内。就是说，大凡人做的事，无论看上去多么残忍和异常，以某个时代、某地文化的角度分析也是正常的。其实，即便不隔断时代和文化，切割人体在医疗现场等地方也是日常性作业。只是，不分场所地在自己家浴室里下手，就成了猎奇性犯罪。而若在完备的制度和体系中进行，同一行为既可成为医疗方法又可成为学术研究。不过，假定其他星球有人来，那么外星人大概就分不出二者的区别了。如果他们知道有的人因此赚钱，有的人被捕入狱，肯定吃一惊。"

波佐间仿佛感觉不出旁边有人。

"制度这个东西，目的就在这里。"他接着说，"就是为了合法地实施与社会常识不相容的行动，死刑制度也好医疗制度也好学术研究也好，无一例外。口称学术研究,其实还不是拿动物做实验——如今不敢随便进行人体实验,而以动物实验为主,唯其是动物,也就无所顾忌。动物实验的残忍性,可不是轻描淡写的东西。或者取出脑子移植到别的动物身上,或者划开老鼠肚子取出胎儿放在榨汁机里搅碎……人这东西干什么都非干彻底不可。彻底性和残忍性无非是同一东西的两面。我们的文化是通过将危险之物圈入体制之内来保持平稳的。偶尔有跑到圈外的,就视之为扰乱平稳的灾难性行为打上犯罪或异常等烙印。但是,所有的残忍性本来就是同人这一存在揉在一起的,不是吗?"

话语中断之后,双方的呼吸都仿佛带有困惑。我把细树枝放进火里,他凝视火苗述说下去:"并非单单猎奇性罪犯才把人碎尸万段。人类的历史不折不扣是将人碎尸万段的历史。所谓 homo sapiens① 的 sapiens,可以说就是剁碎之意。CT②

---

① 拉丁语。人,智性人。人类概念的一种,认为人的本质在于智性。
② Computed Tomography 之略,即电子计算机断层扫描。

也好 MRI① 也好，作为手段的确温和了，但构思仍意味剁碎。换言之，剁碎创造了人类文化。所以，摩西再三叮嘱'汝勿杀生'。'杀生'即剁碎之意。当然，动物为了生存也是杀其他动物的，但那只是作为食物链一环的互相撕咬，而不是出于好奇心和快乐杀害对方。因此，无需从动物中出现一个摩西告诫'汝勿杀生'。然而，人不仅仅吃掉对方，还要将其客体化，或者必须使之作为物从属自己才解气。所谓烹调即是同一回事吧——要随心所欲改变对方的形状。较之出于吞食的必要，恐怕更是满足好奇心才那么做起来的，纵然在结果上增加了食物供给量。工具的发明和技术的进步也源于同样的动机。人的认识和文化，想必就是这样发达起来的。"

　　他一住口，置身山中的孤立感就更强烈了。瀑布的水声如图与地反转一般浮上来。掠过山梁的风声听起来是那么辽远和寂寥。篝火中时而响起湿木的哔剥声。

---

① magnetic resonance imaging 之略，核磁共振图像。

"我儿子的事?"波佐间以毫不在意的语气问。

"从太太那里听了一点儿——正在接受康复指导。"

随即他好像再次沉思起来。我正想说什么的时候,他问我听说过"性情缺陷型精神病质"这句话没有。

我试着在脑袋里换成汉字。

"没有。那又怎么?"

波佐间没有回答。不久,注视着篝火原封不动地端出专业性话语:"以往的脑研究当中,主要通过脑波和脑磁波把握神经元的电活动,进而根据神经元的电活动探讨脑的功能。可是,近来可以使用不断开发出来的仪器将脑内血流和新陈代谢情况转化为图像,进而精确推测脑的哪一部分发挥何种程度的功能。如此探讨人脑的过程中,得知显示某种感情障碍的患者中的多数有回路功能不健全的现象。而这一回路的功能是将即使在掌管脑感情的回路当中也是系统发生方面最为古老的部分和唯独人才发达的新的部分连在一起。如果它由于某种原因受损,那么就难以保持作为人的高层次感情。因为不能产生同情、怜悯、羞耻、懊悔、良心等感情,所以他们往往对他人的痛苦和不幸无动于衷,对自己的痛苦和危险也满不在乎。"

他停顿下来,以便给我领会的时间。

"那么?"

"在美国,有几个州在判断重罪犯人在释放后有无可能重新犯罪的时候采用某种测定仪器作为科学辅助手段。那是一种跟踪注入血管的放射性物质和将脑活动图像化的装置,称之为 PET[①]。目的在于作为判决和假释决定的参考,但在认为有暴力性倾向的人里边也包括所谓性情缺陷型精神病质。"这时他才看我的脸,"我的儿子就是因脑内部代谢异常而被诊断为性情缺陷型精神病质。"

叫名字也不回头,没有活力,麻木不仁,动作迟缓,对周围情况没有兴趣。夫人说这种感情方面的迟延或者停滞变得明显起来,我则将其看成自闭

[①] positron emission tomography 之略,阳电子放射断层摄影法。

症状。

"诊断是确定性的?"

"关于人脑所明白的,几乎是零。"波佐间以似乎透出厌恶的声音回答,"确定性的事情,根本无从谈起。而人的本质是残忍性的,这是我始终一贯的观点。研究那样的人脑,说什么那个是暴力性的而这个不然是没有意义的。同比较绞刑架和电椅哪个人道些是一回事。问题不在于脑的内部如何如何。人这一物种本身就是和残忍性一起出现的。说起来,把儿子诊断为性情缺陷型精神病质这项脑研究本身也是人将人剁碎之残忍性的一个顶点。就是说,归根结底,提出暴力性这一范畴的一方,其内部就纳入了残忍性。罪犯和精神异常者的残忍性,乃是我们的文化悄悄包围之物的外部化、对象化……不对?"

"听得我心悦诚服。"这是实话。

"但这里有问题。"他说,"障碍弄明白的时候,我想坚决站在儿子一边。也许他果真搭载了暴力性的脑,可是做出诊断的医生也是暴力性的。给儿子那样的人贴上残忍性标签的一方足以是残忍的。我决心站在孩子一方，同一口一个异常者之流战斗到底，保护孩子不受医学、科学等愚昧狂妄的暴力的伤害。"

波佐间在此轻轻叹了口气。

"不可爱的！"

一瞬间，我觉得话语失去了前后关联性，以为自己听错了。然而，他叮嘱似的抬起脸："感觉不出儿子可爱。"

"说的什么傻话……"我姑且置身其外。

"命运这东西，大概类似人求生过程中的安全阀。"波佐间当即像下象棋声东击西那样往稍离开些的地方投下一子，"通过将现实托付给超越性的东西来减轻压到自己身上的负担——也许是以此回避最终危机的装置。而我竟愚蠢地以自己的手堵死了这样的安全阀。所以无法在偶然或命运这种地方寻找逃路，无论如何只能退回人为层面、退回地面论据。"

波佐间不理会我这听者是否向他转过无可奈何

的面孔，径自滔滔不绝。

"最近电视上报道了关于基因诊断的事：一个美国妇女做了诊断，结果得知将来患子宫癌和乳房癌的危险性大。大也不外乎百分之三十几或百分之四十几，顶多这个数字。可她为了逃避患癌的担忧，索性切除了子宫和乳房。"他转过脸，嘴角浮现出不无猥琐的冷笑，"这莫非就是人性的、地地道道的人性做法？"

"喂，波佐间……"

他打断我的话："不合适的东西出生前就予以排除，好像在哪听过这样的话。"

"指的什么？"

"CRYOGENESIS，我想名字没错。别做出那么一副神情好不好？活像在灌木丛里抓出一条蛇似的。"

我没有像自己说的那么意外。

"CRYOGENESIS怎么了？"我追问一句。

"名字从你口中出来时，说实话，我吃了一惊。人体临床试验的事知道吧？"

我没做声。

"嗬,原来你也有不知道的。"语气并无挖苦意味,"在确立此次项目之际,CRYOGENESIS 极其秘密地在世界各地实施了试验性协定。从需要体外受精的夫妇当中招募志愿者,免费或低费进行基因检查。大概是为了搜集不同人种的基因数据。当时,采取的形式是由主治医生在有特许协定的医院和诊所向有意作为不孕治疗接受 IVF① 的夫妇进行试探。以标准费用就连胚胎基因诊断都能做,拒绝的夫妇想必很少。反正总要接受体外受精治疗,虽说在受精和胚胎移植之间增加胚胎基因诊断,但在母体负担这点上同普通 IVF 并无不同。又可以因此事先确认重大遗传病症,所以根本没有拒绝的理由……对吧?"

我想起在波佐间家见到的那个男孩儿。母亲好像叫他"达也"。

"就是说成了实验对象!"

---

① in vitro fertilization 之略,试管内受精。

"一个身边人建议的。"他没有改变淡淡的语调,"说由他的家族作后台的一家医院正巧进行人体临床试验,可以将并非接受不孕治疗的我们夫妇特殊作为试验者登记。从身边那伙人看来,如果有作为公司继承人的男孩儿,大概可以成为推举我为下任总经理的正面材料。老婆也想要男孩儿,想必感觉到了来自波佐间家的压力。提起前期试验,她也很积极,说通过精子库使用别人精子是有抵触心理,但若仅仅受精是人工的,倒没什么问题。"

"你本人呢?"

"好像没多大抵触。"他像在说别人似的说,"赌在五比五的概率上本来都未尝不可,而若可靠的方法就摆在眼前,那怕是要按捺不住的。何况又能排除先天性疾患,对出生婴儿有利,作为父母也好解释。"

"绝大部分人恐怕都要同样选择的。"

"不料通过那样选择生下来的儿子出现了障碍。"

"太太说分娩时出了麻烦。"

"啊，可以有各种各样的解释，因为真相还是个谜。"

"你的想法呢？"

"的确，分娩时拖延时间造成脑性麻痹的嫌疑很大，最初我也那样认为来着。心想不就是普通麻烦吗？因为老婆骨盆小的关系。看着自己的孩子，判断这个孩子不正常，那是很困难的事。感情上的牵挂也使自己觉得无非是肢体障碍所派生的现象。"他在此略略停顿，"你认为胚胎选择比人工流产更人道？"

"妇产科医生们好像那样认为。"

"你呢？"

"我想是稳妥的做法。"

"好！既然你这么聪明的人都如此认为，那么就不能说我们夫妇有欠考虑。"

"一开始不就那么说了吗？"

"你看人工流产和胚胎选择的区别在哪里？"

"我说波佐间，这么繁琐的议论还想继续下去不成？"我提高了声音。

"快了，马上结束。"较之不介意，语气更接近拒绝。"胚胎这东西，四分裂也罢，八分裂也罢，反正都是细胞。而胎儿则有手有脚，差不多呈人形。从自然感觉来说，胚胎选择比人工流产容易接受。跌跌跄跄就跌了这里。"

他就此止住，察看我的反应。

"什么意思？"我带有挑战意味地问。

"人流生不出小孩对吧？"出乎我的预料，波佐间换上家庭教师那样亲切的口吻解释起来，"对于没在这个世上出现的人，再怎么说也没有用；但在选择胚胎的情况下，有人因此出生，他们就是父母事先选择、甄别的孩子，是父母精打细算后生下的孩子。在被诊断为性情缺陷型精神病资质、可能难以产生正常人情感之后，我才意识到自己所作所为的罪孽深重。"

"深也好浅也好，不都纯属事故吗？"

"从根本上说……"他像要把我的话撩开似的提高音量，"从根本上说通过胚胎选择生下来的孩子能具有正常人情感吗？比如他们看见花会感觉花是美的吗？会萌发类似美感的东西吗？对人的爱又如何呢？会萌生爱的情感吗？我想不可能萌生。因为爱是植根于一种确信之上的。如果没有自己的出生是被无条件祝福的这一确信，没有这个理所当然而又至关重要的依据，那么爱或被爱的情感就不会发芽，至于美的感觉之类更是无从谈起。无论看什么都感觉不出美，无论怎样的邂逅都不为之动心……这样的存在能称其为人吗？问题不在于性情缺陷型精神病质这个狗屎标签，没准是我让一个非人的存在诞生出来，这个才是问题。"

"听起来你是对自己穷追猛打。"我不得不把话岔开，"你做的不外乎胚胎选择罢了，而不是从哪里搞来新的基因放进去。而且你们夫妇的希望无非是要个男孩儿和孩子健康成长。这不是大凡父母无不盼望的普通范围内的事吗？"

"话虽这么说，但不正确的事也不能变成正确的。"

"问题不是正确不正确。"我不由提高嗓门。

"祖父创立了公司。"波佐间像要闪开我的话，微妙错开论点继续说下去,"父亲把公司培育成了名牌中坚建筑公司,堪称有功之人。继承公司就任总经理是我自出生以来的既定路线。包括父母在内,周围所有人都要把我培养成为将来可以托付公司的人。对这种境遇我从小就觉得是负担。从楼梯平台跳下去的事说了吧?还有把自动铅笔扎在同学后背的事。被叫回公司以后,无能之人当总经理的悲剧就发生在眼皮底下,下次轮到我本身尝试了。也是因为公司内有矛盾,那必须是万无一失的走马上任。对这种情形我本该是打心眼里厌烦的。"他停住话,喟然长叹一声,"岂料,我又在孩子身上干起了同样的事。作为将来当总经理继承公司之人选择和控制了尚不存在的、应是他者的孩子。没什么了不得的,一开始谁都那样想,我也同样。首先想要一个男孩儿做接班人——将来当总经理继承公司的人。至少希望生得健康,脑袋好使,个头最好高些,太胖不好看,如果可能,头发密密匝匝的为好……人的欲望这东西是没有止境的。因此,一旦犯错的父母,以后也一直犯下去。"

"怎么那么灰心丧气？"

他没有回答，兀自继续："老婆现在领着儿子定期去咨询，目的是为查看是否出现粗暴行为。有征候出现的时候，通过服药等方法及早消除。我觉得自己无法保护儿子免除那种医学操作，反倒可能放手参与医生和心理学家的行为，不是站在孩子方面，而是站在医疗方面。最初是咨询，继而是药物疗物，再往下就是住院。并且将被告知开放病房不合适，须住封闭病房。那种操作有可能永无休止地持续下去。最后说不定剥夺本人的人性，用身体疗法来抑制。我不惜帮助人家在人格上对儿子实施安乐死。即使不积极参与，也难免予以默认。这一来，我能够若无其事地和老婆一起吃饭吗？"

"我看你是过虑了。"

"习惯这东西真是可怕，一如很难把米罗的维纳斯看作断臂女人的裸体。"波佐间说起似是而非的话来。

"什么正确什么错误，很难那么轻易决定的。"我以设身处地的语气说，"有人主张为保障有障碍者的生存权而禁止进行基因诊断,同时也有克服遗传性障碍成为医生的人为了不让孩子遭受和自己同样的痛苦而接受基因诊断。"

"人的想法是复杂的啊!"口气未尝没有挖苦意味,"但是,我并不是把正确或错误作为问题,因为说那个也没有用。儿子为满足父母施加的条件而得到生于此世的机会,因为已消除了什么才被允许出生。恐怕是这一点从根本上损坏了我们之间的什么。"

波佐间从睡袋里扬起脸,怔怔看着树梢间闪露的夜空。城里看不到的明亮的星斗在那里倾珠泻玉一般璀璨。蓦然,一个疑问浮上我的心间:这美丽的星空在他眼里是怎样的呢?

许久,他突然让我猜谜似的问道:"恐怖主义和食人肉风习,你不认为二者相似?"

我不知道他想说什么。仅仅是说语尾相同[①],

[①] 原文中恐怖主义为"テロリズム(terrorism)",食人肉风习为"カニバリズム(cannibalism)",二者语尾相同。

还是将其含义作为问题呢？我决定姑且置之不理。

"联想自是有趣，不过跳跃性太大了吧？"

不料，波佐间以冰冷得令人战栗的声音说："话没有跳跃性，也并不有趣。"逐一否定我的说法。

"关于 BSE① 好像有人这么说过：牛们大概发疯了。把牛骨肉粉作为饲料喂牛，等于牛们吃自己的伙伴。互相吃，也就是食人肉风习。它们被置于强制性互相吃的状态。奥斯维辛再残忍，也应该没让犹太人吃犹太人当午饭。牛们被置于比奥斯维辛还要残忍的互吃状态。把牛的内脏和骨头细细弄碎喂牛，如此喂大的牛由人吃掉。但人并不认为这种做法残忍。大概效率和经济收益这一合理主义使得正常感觉发疯了。也说不定人在牛发疯之前就已疯了。BSE 大约是发疯的牛们对于发疯的人们实施的恐怖行为。毕竟 cannibalism 和 terrorism……非常相似的吧？"说着，他以浮出冷笑的脸注视我。

我想起波佐间夫人说的话。她说波佐间表现变

---

① Bovine Spongiform Encephalopathy 之略，疯牛病。

得反常是从入秋时开始的。酒量增加，一个人喝酒喝到很晚，边喝边自责似的说什么。种种事情开始连在一起。

"不让不合适的人诞生，换个想法，这恐怕比死刑制度还要残忍。"他说，"无需玷污任何人的手，大约是人排除人的体制最为洗练的形态。在美国，有身患重病或障碍的孩子的父母把医师和医院告上法庭，理由是那个孩子本来不该生下来。没有就胎儿健康方面潜在性问题向父母提出建议以及没有就甄别方法提供信息将作为医疗机构一方的怠慢追究责任。将来，说不定将不进行适当甄别或无视甄别结果生下自己视之为怠慢起诉父母。"说到这里，他抬起脸看我，"不认为是同一回事？不认为一切都发端于一种深层次的愚昧和狂妄？"

"所以您说该怎么办？"

"所以……恐怖活动发生了。"波佐间以郁悒的声调继续，"至于是谁为了什么干那种事的，我一不清楚二不感兴趣。看客机猛烈撞击贸易中心大楼的图像时，心想那乃是穿过我脑袋的子弹。那场恐怖袭击恰恰是针对自己进行的。这不是跳跃性。因为那个重大事件在每个人的心里是作为个人事件来接受的。"

话突然断掉。波佐间仿佛置身于深不见底的孤独中。我刚要说什么,他像拒绝搭话似的说:"睡吧!"

说罢,他闭起眼睛。

7

睡得好像倒在泥水坑里的野兽,深深的疲劳一直漫到脖颈,睡觉好比一种苦行。断断续续或浅睡或醒来时间里,山边开始泛白。山脉扑朔迷离的表情逐渐带有实体。山谷笼罩着浓雾。大概要等到云开雾散直升机才能飞来。身体关节无不作痛。手脚像铅一般重,能够以自己的意志动弹的部位一处也没剩下。

即将被再次拖入睡眠时,我猛然回过神来。

"波佐间……"

篝火差不多熄了,我一脚踢开通红的火炭,朝瀑布那边奔去。波佐间甩出双腿坐在瀑布上端一块平坦的岩石上,呆呆看着瀑布。简直就像坐在快艇边缘的跳水员用手按住口里叼的调节器即将跳入海中。只是,他面前的不是海,而是令人双腿发软的冷飕飕的空间。白雾掩盖的是刀削般的悬崖和吞没一切的瀑水潭。只要身体稍一前倾，就将大头朝下栽下去。尽管坐在那般危险的地方，而他却一副飘飘然的样子，仿佛同早晨清澄的空气融为一体。

"干什么呢？"

波佐间纹丝不动。

"在那里干什么呢？"

间隔有顷。

"有保险金下来。"他以心不在焉的声音回答，"我原以为自杀肯定得不到保险金。自杀成为免究责任的事由，好像仅限于自责任开始时起算的一年之内。"

"打算只留下钱马上离去不成？"

我克制涌上来的战栗，缓步向前。他不说别过来也不说别靠近，仿佛意识去了另一侧，唯独身体如空壳留在悬崖边上。

"让我去好了！"当我来到差一米手即可够到他的地方的时候，他以全然没有温度的声音说。

"等等，等等！"我伸出够不到他的手，"到哪里去？除了这里你要去哪里？"

波佐间向前倾起上半身，做出窥视脚下的动作。刹那间我几乎叫了起来，但身体仍在原地。

"反正先从那里下来，那样说不成话的。"

"话已经没有了。"

"波佐间，看这边！求求你，好好看我这边！"

他顺从地转过脸。刹那间，我惊愕得忘了下一句话。这以前我不曾见过死人，但我想准备以自己的意志结束生命的人肯定都是这样的眼神——一看就知是蔑视对方的眼神，较之蔑视特定的某个人，更是蔑视世界、蔑视自己存在这一事实本身的眼神。

"求你了，别离开那里！"

波佐间没有回答，脸重新转向前方。姿势像是在看倾泻的瀑布，但焦点很可能在遥遥的远方游移。感觉上他已到了远方。再踏出一两步即可触及对方的身体，却又觉得远得无可触及。

倏然，我想起在去由希所住医院的路上见到的那个企图自杀的男子。那是今年夏天的事。样子没有看见，实际看见的只是下面起哄的一伙人和伸出云梯的消防车。然而，此刻陷入自己置身于那个现场的错觉之中，一种不合情理的意念俘虏了自己：如果在此让此人死去，那么自己就无法承担由希的死，也没有那个资格。我不知道自己何以想到这上面。

"记得一次我跟你说的那个需要做移植手术的女子吗？"我问。

"理由的由，希望的希……"

对方这么机械地回答时，我不由得胸口一阵堵塞再也说不下去了。不知是波佐间的原因还是由希的缘故。只有自己的声音传过去而他予以回答这点给了我勇气。

"她求我帮她自杀。当自己无法下手时，求我帮她解除痛苦。虽然她那么说，但我下不了决心。现在也不知如何是好。怎么做才是最佳的呢……大概没有什么最佳。无论做怎样的选择，都不可能是最佳的。可是我又必须选择一个。"

波佐间一动不动地坐着。我继续往下说："活不久了，除非发生奇迹。至多活一两年。怎么都救不了她。喂，波佐间，你可听着？对于身患不治之症的人，所谓希望意味着什么？意味万一治好？意味即使治不好也症状减轻些、身体多少好些。然而病在时好时坏的过程中稳步向前推进。忽上忽下……最好死心塌地不成？"

本来我就没期待他有反应，只怕他趁话语中断时跳下去。我像快到时间的棋手一样移动棋子。

"她活不久了。"我重复一句，仿佛向自己确认这点，"不可能再活五年十年。同我的生死无关……那是没有考虑余地的现实。莫非我们同珍贵之人的关系都不得不忍受某种无奈不成？任何交易任何协定都无从成立。不能给予什么，不能赠送什么。能做的事一件也没有。自己的努力一概不被接受。莫非他或她就是作为这样的人而存在的？还记得你一次说的话吗？你说她的存在使我变得讲伦理了。我一直在思考这点。的确，或许我多少变成地道的人真是因为她。"

我停顿片刻，然后继续说下去："这个世界像话吗？不蹂躏他人的生活甚至就活不下去这样的体制已渗透到世界每个角落。大概如你所说，那是改变形式的食人肉风习。或许可以说，将地球上所有的他者都作为自己生存的手段乃是洗练的现代的食人肉风习。人已堕落成了互相吞食的生物，这是毋庸置疑的事。可是自己的一部分好像还不要紧。我身上仍有未被损坏的部分，任何时候都可以解救出来，因为一个需要移植器官的女性……"

我就此语塞。想以笑掩饰，不料声音颤抖起来。我深深吸了口气，接着往下说："她到底是什么人？理由的由，希望的希……尽管是随处可见的平凡名字。靠坏了的肺叶和心脏勉强活着，几乎卧床不起，连日常生活都料理不了。起始我想以钱款援助的形式救她来着。如今想来，那和富人对穷人的施舍没什么不同，不过是自以为是的 motivation[①] 罢了。表面上的关系是那样维持过来的，但在根本层面真正获救的是我自己，是她救了我。这点我终于意识到了。"

---

① 诱导，动机，促动因素。

我再次深吸一口气吐出。

"当我要抛开一切的时候，脑海里浮现的就是她，不明白这是为什么。不，我明白，开始一点点明白，当不治之症降临的时候，当难以忍耐的痛苦袭来的时候，当明白自己人生过半就必须死云的时候。那时候她扔掉了种种样样的东西，我想。必须扔掉许多东西，贵重的，不贵重的，一如燃料耗尽的飞机为了减轻重量而继续飞行。那么怎么样呢？什么都没有了吗？不然。通过舍弃，她一点点变得纯净了、纯粹了。她正作为这样的人站在那里，如深雪覆盖的山岗上矗立的一棵树。她一声不响地等着，不动用哪怕微乎其微的力量。在同一场所默默等待，如此而已。仅仅存在。所以我可以朝她走去，只要径直走去即可。波佐间，你听着没有？自以为坚强的人其实恐怕是脆弱的。以为自己坚强、以为什么都能称心如愿——恐怕正是这点使人变得脆弱。因为自己是坚强之人，所以认为最后能够以自己的意志死去。而这归根结底使当事人变得脆弱。但像她那样的人如何呢？什么也做不到，能活着都很不错了。所以……怎么说呢，只能投入全副身心活下去。事实上也是那样活着的。离开这个世界的时候，想必她可以祝福自己的人生。对此我坚信不疑。究竟怎样的人才能临死时祝福自己的人生呢？最后抓到幸福的，说不定是她那样的人。不是吗？肯定是的。果真如此，那么任何人生都有其可能性。绝望之类是不可能有的。那东西本来就不可能有的。为什么呢？因为生必有两个侧面。看看她，我开始有了这样的认识。"

确认对方还在那里，我又说："自己消失是很容易的。但是，你不认为还有以后？我认为是有的。"

突然，脑袋里一片空白，一股奇异的虚脱感和无形的疲劳感涌了上来。

"想去你就去好了，我留下来，留下帮助她死。"

世界寂静无声。似乎自己一个人留在了无声的世界里。不知过去了多少时间。感觉上既像几分钟，又像几小时。浓雾的对面，直升机声穿针一般从瀑布声之间传来。

我扬起脸,波佐间依然在那里。我想从后背读取他的表情。随即,就好像我的心思传给了他,他缓缓回过头来。四目相对。

"能说会道的家伙!"他说。

第四章

1

　　对工作的隔阂感越来越厉害。似乎好歹维持的协调正一点点崩溃。自己的所作所为没有现实感。为什么、是为了什么目的做这种事的呢？公司里，员工和同事们让我感到陌生。至于那是对方态度中实际表现出来的还是自己主观感受有了变化，我无法看出究竟。又好像自己与他者之间没了边界，以致自己的心理变化同对方的态度变化混为同一感觉。

　　星期日召开年内最后一次投资战略会议。提出关于景气和经济的长期预测，发表首季行动计划。报告即将进入转折点。讲话节奏疾驰有致。本应是顺顺利利的地方，不料在类似走下缓坡之处下一句话忽然消失,刹那间脑袋一片雪白。不久回过神来，以已然失态的心情从资料上抬起脸，迅速环视与会者。他们仍目视所发资料，会议仍在进行中，至少没有人以诧异的眼神看我。我姑且让自己镇定下来，拉过手边资料，借此得以接上话头说下去。其他经理们的提问也顺利回答了。只是，以自己的语气述说那种能动意识仍然没有萌发。

或许，说不下去仅仅是主观感觉，而从与会者看来，只不过约略语塞那个程度罢了，尽管自己本身觉出类似失语的尴尬……当时这是一厢情愿的解释。他觉出了我的不正常，没有看漏。

把我叫去办公室的藤木一如往常问我咖啡如何，我答说不要。

"正在看一本关于诺门坎①的书,非常有趣……或者不如说是个富于教训意味的事件，到底非同一般。"

他啜一口茶几上的淡绿茶。想必因为担心血压而不敢喝咖啡。

---

① 诺门坎事件。1939年5月在我国东北与蒙古边境的诺门坎地区发生的日军同苏军武装冲突事件。日军受到苏军机械化部队毁灭性打击。此后日本关东军对苏开战论调有所收敛。

"诺门坎最大的教训,你看是什么?"

"不巧,我对历史知之不多。"

藤木目不转睛地看我。我不由得移开视线。

"隐瞒招来致命伤!"他没改变泛泛而谈的语调,"军队也好公司也好,这点并无不同。对于组织的运营大概是个类似公理的东西。作为投资家最危险的类型是自己不认输之人。不认输,想方设法加以掩饰,结果越陷越深。日本之所以培养不出投资家,一个原因就在于没有善输的训练。因此不能面对不确定的情况做出决断。恐怕评价体系也有问题。本应把成功和失败分开评价,却要整个评价一个人。评价不是就事论事,而是往人身上紧贴紧靠。所以被评价一方势必隐瞒事实。赚的时候连小单位和小额都报告,失败之时却说亏了一个亿。看来诺门坎的教训还没有被吸取啊!"

他再次把茶几上的茶杯送到嘴边。

"失败谁都有。"藤木继续道,"隐瞒之罪是大罪。隐瞒也罢不隐瞒也罢,失败总是事实。问题因为隐瞒得不到处理。也就是说,组织和公司将失去自我纠正能力。其结果，就只能像日本现在这样依赖美国发挥他律性纠正功能。

这种绕弯子说话方式在他是很少有的，平时总是单刀直入，那是藤木的风格。我思忖，他恐怕同样不安。说不定同大多数投资家一样对世界的不透明程度越来越大而忧心忡忡。在现在他的眼里，大概政治、经济等世界种种事项在向自己隐瞒什么，一如诺门坎的军官们。

"没有问题的？"他终于切入正题。

"进展顺利。"我条件反射似的回答。

"说谎！"较之追究，语气更像是犒劳，"脸糟糕得很！"

"是吗？"我下意识地摸自己的脸。

"不是单纯的疲劳。"藤木相面似的继续注视我的脸，"惧怵。几个星期、几个月来……一直是这个感觉。"

"工作在好好做。"我以孩子气的说法掩饰。

"那个知道。"

藤木脸上透出常有的焦躁。他深深叹一口气停住。随后，放缓语气继续道："担心啊！担心你的判断出错。"

"不要紧的。"我做出不自然的笑脸。

"眼下的你给人一种怀抱一个偌大烦恼的印象。投资家对那个是很敏感的，当然也包括企业。"

"知道。"我回答。

他到底知道了什么呢？告辞走出房间时我歪头沉思。莫非在说对他人痛处敏感的投资家们？或者是怀抱一个偌大烦恼的我本身呢？

志在必得——这是藤木的口头禅。那只有一个含义：赌赢、赚大钱。金融世界充满获取巨大回报的可能性，但风险也大，要想挺住就必须有不屈不挠的精神和毅力。而且动用几乎全是别人的钱。发生损失，损失钱的固然是投资家，但对别人的钱负有责任的压力总是有的。大赌之前常问自己：这样做正确吗？不会失败吗？失败了就要受损失，以前也有过损失。不过相比之下，还是赚的时候多。有信心赢得赌博。不光赢,还有不输于任何人的自信。不会输的！总是这样讲给自己听。若不刻意鼓舞自己，就不可能在这个异常世界上持续赢下去。

的确，赢的是我，想赢的也是我。至于纯资产额增加多少以及标准价格比前日上扬或下跌多少对于自己具有怎样的意义，则不曾深入思考过。说实话，谁都不具有预测未来的绝技。就收益率而言，十之八九都是运气。让我赢在最后的因素里边，有超越个人算计的巨大外力参与。每次考虑那种外力都变得惶惶不安。所以总是把内省和自省置之不理，反正连赢下去就是，想通过连赢来向自己证明那是以自己的力量赢的。连赢的基金经理绝不对自己的做法持怀疑态度。怀疑之际即是输之时。届时有其他什么人开始赢，而那个人想必同样不会对自己的连赢怀有疑念。

可是，我赢了吗？假如赢了，那么赢得了什么呢？下班回来，西装也不脱就坐在客厅沙发上，打量被高档家具环绕的房间——这时往往觉得选择这房间的不是自己，而是自己被这房间所选择。我闭起眼睛，回想几次大的赌博。如果那时不调整股市定位，如果外汇不因日元升值影响而出现亏损差额……现在回想起来都出冷汗的局面出现了好几次。如果被那种偶然绊倒一次——哪怕仅仅一次——那么就该是其他什么人在这个房间里。

公寓、高级车、高档西装,的确把高于一般人的生活搞到手了。假如幸福仅仅是由衣食住构成的,事情倒也简单。我是赢家,是把幸福弄到手的人。我是达到了目标。因为达到目标而得到了钱。钱意味自由,有钱就多了选择。这在一方面诚然是真的。然而,因钱的有无而能够选择或不能够选择的东西只不过是外在欣喜或快乐罢了,没有也过得下去。

马克思说,所谓商品,就是"通过其属性而满足人的某种欲望的东西"。为了满足以优质声音听音乐的欲望而向组合音响器材投资数百万。因此满足了的欲望呈怎样一种形式呢?和几万元的手提音响机所满足的欲望相比,区别在哪里呢?说到底,我们的欲望是从哪里来的呢?在消费活动中,欲望越得到满足,相反得不到满足的东西越显而易见。消费这一行为本身就有非条理性一面。正因为同非条理性打交道,才永无止境可言。而这种无止境,或者就是资本主义不动声色的原动力亦未可知。

不觉之间发起呆来。桌上的电话铃响了。拿起听筒的时候,觉得好像已经响了很长时间。

"是永江先生吗?"一个没有听过的男子语声问道。

"是的。"

"是 Hull Growth Active 的永江先生吧?"

"您呢?"

对方不理睬似的默不作声。而后以令人发怵的声音抛出一句:"当心邮件!"

言毕,粗暴地放下电话。

我手握听筒伫立了好一会儿。

"怎么了?"佐佐木隔着间隔板看我。

"啊,没有什么。"我放回听筒。

"恐吓?"他似乎察觉出了电话内容。

"算是吧。"

"要和保安联系吗?"

"叫我当心邮件。"

"要寄来炸弹不成?"

"估计是恶作剧,不过报告还是报告一声吧。还有,要查看网页,也许有什么帖子。"

不时受到莫名其妙的恐吓和骚扰。虽说是恐吓,但充其量是寄信或在网页上发帖子,没有像美国那样遭枪击。不过这是工作的一个方面也是事实。有人赚,必有人亏。志在必得必然如反物质导致匿名憎恶和怨恨的产生。恐怖主义无时不潜伏在脚下。

2

圣诞节前夕和沙织去听爵士乐。来俱乐部演出的，是美国一个钢琴三重奏乐队。三人都是在一定程度上为爵士乐迷所知晓的老手。我们边喝啤酒边听演奏。也有人边吃简单的食物边听。演奏的主要是传统轻音乐曲目，清一色是四平八稳的东西。钢琴手的即兴演奏流畅华丽，大提琴手的独奏无懈可击，在钢琴和鼓的配合下返回主题。沸腾般的鼓掌声和欢呼声。一切都那么中规中矩，包括听众的反应在内，简直就像在听古典派的钢琴奏鸣曲。

"怎么了？呆愣愣的。"沙织惊讶地问。

演奏不知何时已经结束。

"想点儿事。"

"工作的事？"

"算是吧。"

掌声中乐队成员走下台来。有的直接走到客人桌边说着什么。客人中也有外国人。人们一如往常吃着、说着、笑着。

"不吃点什么？"我拿起桌上的食谱递给沙织。

"是啊！"她形式上扫了一眼，"不换一家？"

两人都还没吃晚饭。走了几步，进入一家宾馆地下的寿司店。常在这里谈商务。这家店的午间套餐一万五千日元。从地方来的老者有时看漏一个零。不过，无论怎么想，正常的都是老者的感觉，一顿午饭就要一万五千日元未免偏离常轨。虽然泡沫经济破灭了，但我觉得这座城市本身就是个泡沫。

桌子已经满员了，遂在空着的台面那里并排坐下，先要了壶温酒，然后请厨师现切生鱼片。

"演奏怎么样？"沙织问。

"不坏。"

"可你……？"

我边往她杯里倒酒边说："爵士乐这东西，我总认为是思考什么的音乐。即兴演奏啦节奏啦……学生时代听得如醉如痴的爵士乐都是这类东西。可他们只是演奏曲子罢了。是够灵巧的，但什么也没思考。至少在我听来是那样。感觉上同电脑以二进制数据为基础的演奏没什么区别。"

"如今还不都那个样子。"沙织以没有感情色彩的声音说。

我把酒杯端到嘴边。

"可是，那样子岂不枯燥无味了？即使经典音乐，从古典派到现代音乐，近来也都有很多指挥家指挥得无可挑剔。说起来，贝多芬的交响曲演奏前和演奏后完全同一个样子、连一道划伤也没有地存留下来是可能的吗？"

"不大清楚。"

"比如福尔特本格拉①的贝多芬，喜欢不喜欢另当别论，可那毕竟类似作曲家和指挥家的一种合作。当然，正确的演奏法、或者说忠实于总乐谱的指挥方式那东西也是有的。若以巧拙来说，卡拉扬

---

① Wilhelm Furtwängler（1886—1954），德国音乐指挥家，有诸多名奏存世。

和阿巴德①恐怕在上位。但在听了福尔特本格拉指挥的贝多芬之后，其他指挥家的贝多芬听起来哪个都像是廉价冒牌货。"

"我倒喜欢阿巴德。"

"所以不是喜欢不喜欢的问题。"

沙织缄口不语，戳着装下酒菜的小碗。

"总之，在这么多领域人都不再思考，让人隐约觉得事情可怕。所谓忠实于乐谱的指挥，说到底大概也怕是这么回事。"

"大家所以不思考，大概是因为没有没必要思考吧？"她不无挑衅地说，"这也没什么不好，或者说不是什么不幸的事情，我想。"

"也不是幸福的事情吧！"

我把话收住，夹起生鱼片。坐在邻台的几个男人谈在汉城吃狗肉的事。狗肉火锅狗肉粥，晚间在街上找女人，精力无与伦比，一晚不止两次、三次……傻瓜蛋男人。身穿深色西装，像是说过得去

---

① Clandio Abbado（1933—），意大利音乐指挥家。

的公司里的职员。年纪大概比我稍大。坐在中间的沙织微微耸了耸肩。

"人恐怕偶尔给牛吃一次为好。"我试着说。

沙织像确认是否听错似的看我,随即皱起眉头问:"怎么?"

"熟人中有个人这么说来着,倒是说起 BSE 时说的。不过他认为从根本上说人类单方面吃牛肉就是不对的。"

"我不吃牛排。"

"除了印度教徒,不可能让世界上所有的人都不吃牛。于是他认为:既然人无论如何都要吃牛不止,那么人或许该被牛偶尔吃一次才是道理。"

沙织往我杯里倒酒。

"作为比喻来说?"

"是作为比喻,可说的时间里,开始觉得作为政策实施也未尝不可。"

"别说傻话!"她语气略略变强。

我不理会,继续往下说。

"较之以器官移植形式进行人体的循环利用,

莫如用来促进精神性的提高。当然是说假如我们还有精神性那样的东西剩留下来的话……把遗体弄成肉骨粉，作为饲料喂牛。"

"别说了！"她急促地说，"也不看看场合！"

一口气喝干杯里的酒，我请厨师攥寿司。我知道自己不知不觉亢奋起来。今晚是有些反常，我很想这样辩解。估计生气了，沙织久久不开口。情有可原。我们面前排列着没人动的寿司。

默默吃了一会儿寿司。吃不出好吃还是不好吃，只是肚子满了。鱼肉酱汤上来的时候，沙织问道："过了年就去新加坡，不一块儿去？"

"工作？"

"嗯。节目采访，购物和美食。去年香港，今年新加坡。"

"那么说来，去年是香港来着。"

我往她杯里倒酒。

"兼作新婚旅行，如何？"

"没多大积极性。"

"国际金融的重要中转地，对吧？"

"忘记冲马桶水都要给抓起来——不想去那种地方。"

"不至于吧。莫不是罚款？我想不会当即抓起来。"

"罚款也好鞭打也罢，反正懒得去规矩多的地方。"

"那就罢了。"

交谈像放下听筒似的中断，尴尬气氛仍未散尽。沙织往下也没怎么开口。我不知如何把握自己。无法妥当控制自己的感情，说话总是带刺。这样的时日也是有的，我安慰自己。只是不巧碰在了圣诞节前夕，觉得对不起沙织。

出于补偿心理，我邀沙织去同一宾馆里的旋转咖啡厅。乘电梯上到四十层，幽暗的咖啡厅里有人正在弹钢琴，边弹边唱。曲目是《黑夜和白天》(Night and Day)。无论黑夜还是白天,心中唯有你,无论月下还是阳光中……科尔·波塔①。过去美好时代的美国音乐。沙织向身穿黑色马甲的男服务生点了马丁尼，我要了苏格兰威士忌。

"吃点什么？"

"不要。"

附近座位像是坐着一对德国情侣。低沉的男子语声不时随钢琴声传来。乐曲不知何时变成《两人品茶》。的确，旋转咖啡厅这地方适合向女人甜言蜜语。我倾听传来的只言片语，听不出是不是甜言蜜语。

"近来仔细思考了人的死亡。"我又提出不合场合的话题，"例如，人是从什么时候把生与死截然分开来考虑的呢？以我自己来说，觉得从懂事时就晓得死是虚无的，尽管不知道'虚无'这个词，当然不知道的。从我们还是孩子的时候，死就已经成了那样的东西。"

调酒师把酒端来。我拿起杯轻轻摇晃，让冰和

---

① Cole Porter（1892—1964），美国大众音乐作曲家，亦从事电影主题曲的创作。

威士忌亲和起来。

"曾祖母去世的时候我是高中生。临终时我也在场。她是个虔诚的净土宗①信徒，将死之际还在念佛。临终意识不清的时候，开始说一些莫名其妙的话，说净土那边有船来接了，船都看得很清楚了，却怎么也开不来身边，让大家一起把船叫过来。没办法，大家就喂喂一起呼喊。"

以苦笑掩饰着察看沙织，沙织正用扎着橄榄的叉尖在酒杯里慢慢来回搅拌。

"如今想来，死得算安详的。也就二十年前的事，那以前多数日本人都不认为死仅仅是虚无，而以为是新的旅程或返回原来地方……总之死是有某种意义的事件。并非一切都归于虚无的否定性事态。这个国家的人把死放在丧失或虚无那种地方不再理会，这不过是近几十年的事情。"

我终于把自己的酒杯送到嘴边。单麦芽特有的

---

① 日本镰仓时期（1185—1333）由亲鸾创立的净土教之一派。认为仅凭信仰死后即可进入极乐净土。

芳香和蕴藉。我使之在舌面打转，咀嚼一般缓缓咽下。而后伸手拿过清水含了一口。

"无论多么情投意合的情侣，其间只要有死介入，关系就马上陷入麻痹状态。一方将被领到虚无之中，另一方无可奈何地以目相送。无论构筑多么亲密的关系，最后都要向死这一绝对否定性中崩溃。这恐怕意味着，恋人也好夫妇也好，我们所能构筑的人际关系从一开始就含有重大缺陷。"

沙织把茫然若失的眼神投向窗外。从四十层高的旋转咖啡厅，可以无遮无拦地眺望无边的夜景。这座城市，即使城中心林木也意外之多。我想起有人这样写道：唯独同死者有联系的地方才有丰茂的绿树剩下。

德国男子仍低声说个不停。我又含了一口威士忌。冰融化得恰到好处，感觉上香味虽然弱了，但酒的纹理则因此细腻起来。由于心思全都放在威士忌上，险些听漏沙织的问话。

"往下打算怎么办？"她问。

"打算回家啊。"我在昏暗中窥看对方的表情，

"跟我住下？"

"不是那样的。"沙织罕见地长叹一声，少顷说道，"你的心正在离开我，已经好几个月了……不对？"

我避而不答，眼睛转向窗外。此刻，比之明亮的都市灯火，死者们长眠的蓊郁的林木昏暗和静寂更能吸引我的心。

"即使这么在一起的时候，你的心情也急着离开我。至于是想一人独处还是想跟哪个人在一起，我倒不清楚。没有心心相印的感觉。"

沙织就此止住，端起酒杯，却又转念放回台面原来的位置。

"时不时猜不透你在想什么。对我是怎么看的？我在你心目中占怎样的位置？这样的疑问可奇怪？"

我默然。

她并非逼问地继续下去："以前我从未想过这样的事，但现在总想这个。也许是我神经过敏，若是那样就好了。"

3

腿部手术做完之后,波佐间在医院轮椅上生活。据说出院需三个月左右。没工夫去看,只好不时在电话中交谈。有时我打过去,有时他打过来。

"你是个不幸的人。"他说,"年底还工作到那么晚!赚那么多图什么?"

"哪里谈得上赚!正因为没赚,才在办公室磨蹭,至少装出赚的样子。你那边如何?"

"无聊。"

"羡慕啊!"

"为打发无聊一个劲儿看书。"

"看的什么书,问问可以的?"

"不是了不得的东西。"他姑且闪开,"除了历史小说,主要是杂志类。"他粗线条回答,"这么说来,前几天看的商务杂志上介绍水下办公室来着,讲的是美国。"

"水下办公室?"

"没听说过?"他以现买现卖的语气讲了起来,"时下,好像以 OA① 器材为中心,正在开发水下办公用的新产品。带有耐水听筒的电池式无绳电话,用来边游泳边工作的漂浮式休闲椅,当然还有在水下也能书写的自来水笔……笔记本电脑、手机普及之后大概就以这些玩意儿为新的商机了。就是说,不光游泳池畔,即使在游泳池里边也摆脱不开工作。"

"到底是 twenty-four seven 的国家。"

"你也小心别那样。"他说,"一年到头处于 on call 状态。有报告说自杀、心脏病发作、stress② 死逐年增加。"

"那么工作图的什么呢?"

"图的什么?大家都在想。"语气里带有些许揶

---

① office automation 之略,办公自动化。
② 此处意为心理压力、精神负担。

揄意味,"可实际上什么也图不了。反正能干的时候先干再说,能赚的时候先赚再说,整天忙忙碌碌。自身成了消耗品,等待自己的无非是解雇……就是这么个情形吧?"

我忘了及时应声附和。话语中断,出现不自然的空白。波佐间接过话头继续。

"谁都认为这样的世界异常。而在异常的世界上正常地生存是极其困难的。适可而止地赚钱、适可而止地生活成了比登天还难的事。在国际竞争这个角斗场上,或胜或败,非此即彼。竞争不可能只由想竞争的人竞争。你的买卖也不例外吧?"

"也是啊。"我说。

"即使年增长率1%也好干的公司应该有的。相反,30%、40%持续增长的公司未必好干。或者不如认为那样的公司有过于逞能之处为好。但是,维持现状的公司要被持续增长的公司吞掉。人也罢公司也罢国家也罢,都在围着有限的小甜饼厚着脸皮展开竞争。在摘取经济全球化果实的号令之下,一齐朝着谁都不可能幸福的世界没头没脑地狂奔不止,就好像得了惶恐症的一群老鼠。被什么催逼着,追赶着,最后又是心病治疗又是志愿者服务……"

话像没了油的汽车一样停住。

"这样子,简直成了老年人的牢骚话。"他说。

"不像嘴上说的那么无聊嘛!"

不料,波佐间以非同一般的语声坦白道:"近来天天晚上听着诵经声睡觉。"

"诵经?"我不由回问。

"般若心经。"

"却是为何?"

"却是为何……别发出那么凄苦的声音嘛!"他苦笑似的说下去,"医院这种地方,晚上很难叫人入睡的。最初塞了耳塞,但效果相反,自身内部的声音听得过多。按释迦佛祖的说法,烦恼的数量有八万四千之多。怎么数出来的倒是不知。也好像有说法说大致区分起来有六大烦恼。"

"可有好处?"

"诵经?诵经是不可追求什么好处的。"他一本正经地回答,"不过能使心情沉静下来是真的。《九相诗绘卷》没看过吧?"

我在脑海里推出汉字。

"身穿宫廷礼服的美女死后腐烂了,最后变为支离破碎的骨头——上面画得真真切切。"对方介绍说。

"好像画得大煞风景嘛。"

"好像是说人至死要经过九种相。"

"那画又怎么?"

"仿效画上的九种相睡觉。"

我琢磨不透含义,默不作声。

"在床躺成个'大'字对吧?闭上眼睛,想象被扔在荒郊野外的自己。风吹雨打,形销骨立,内脏被飞禽走兽啄食撕咬,渐渐只剩下皮骨,彻底腐烂——尽可能真切地想象这些场景。结果,睡得像死了一样,不可思议。"

我心里觉得这种睡眠法不够健康,但没有说出口。他那轻松的语气,反而让我产生一种迫切感,头脑一隅闪过一个疑念:他怕是被逼得相当狼狈。

波佐间没有惊异我的沉默,只管继续下文:"那大概是一种自我催眠术。那时有诵经声低声流淌，仿佛涛声和小河流水声。只是，反复倾听的时间里，经文的只言片语自然而然留在了耳底。"

他说出只言片语似的语句。后来查阅，找到了应是"无眼耳鼻舌身意"和"无色声香味触法"所在的位置，但在电话中光听一连串发音，无论如何也来不及转换成文字。

"大概是说眼睛没有耳朵没有鼻子没有舌头没有身体没有心没有，形没有声没有香没有味没有感触没有，心的对象也没有。"解释完毕，波佐间继续往下说，"说是这么说，但准确含义还是稀里糊涂。心想这也无妨，基本只是听听罢了，没有认真看解说。不过作为整个主题，好像是说烦恼也罢痛苦也罢，这类东西全都是心理作用的结果。"

"倒是很可贵的经文。"

"到了羯谛羯谛波罗羯谛①那段，心里觉得怎

---

① 《般若心经》几近结尾的语句。大意为：去吧，去吧，去彼岸吧，开悟吧！

么都无所谓了，或许这就是所谓解脱了——自己随便解释一通，释迦佛祖都要为之吃惊的。"

互相笑罢，他有些迟疑地问："CRYOGENESIS 的股票，手里还有？"

"啊，还有。"我淡淡回答，"就算对那家公司再不中意，但头等股票还是不可轻易脱手的。"

"那倒是。"

爽快地赞同之后，接下来是欲言又止的沉默。

"怎么了？"我追问一句。

旋即，波佐间又说出大约经文中的一节："解除一切苦，真实不虚。"随后继续道，"经文的确够可贵的，因为念一念就能除掉所有苦难。国家安宁、阖家幸福、病患痊愈……好处多得很，是该用心诵念。问题是，若有那么便利的东西，谁都不去吃苦，对吧？"

对他这种急于征求同意的口吻，作为我反倒一时语塞。

他好像并不介意，往下继续："解除一切苦。光看题目，不认为类似某种一厢情愿的念头？如同有人相信念经就能除掉苦难，也有人坚信稍稍变更一下碱的排列顺序就能获得幸福。还有人真心以为可以通过鼓捣基因来消除苦难。可是，经文也好碱的排列也好，说到底不都是急功近利的东西吗？当只能是急功近利的东西本身变成目的的时候，原本可贵的经文和知识也当即沦为荒唐的迷信。反躬自问，我是这样想的。"

话再次中断。我仍未琢磨透对方语气的微妙处，不知该虚晃一枪还是该乖乖点头。

"看来你迅速开悟了。"我投出一句。

于是波佐间显出高兴的样子："大概是吧。"他应道，"光靠脑袋里的知识来理解怕是不行的。我们的思考也好感情也好欲望也好，难免附在物质性世界不动。可是，只要仅以物质世界为对象，人就不可能幸福。话虽这么说，叫我们回归精神本质、瞩目灵魂层面也还是不好办。"

我等他说下去，但电话线的另一头寂无声息。作为我是打算让对方最后收场的。片刻，他开始收场。

"好久没喝一杯了,医生怕是很难让我去喝个痛快的。"

"我也不会叫你出来的。"

"那,这杯酒就留给下次吧。"

"明智的选择,令人高兴。"

"什么呀,那是!对投资家你常那么说?"

"算是吧。"

两人似乎互相测算挂断电话的时机。不久,他以孤独的声音说道:"酒就不能逃离?人生可是正在迅速逃离,就像指间滑落的沙子。"

"无聊的时候写诗好了。"

"谢谢你的宝贵建议。"

最后没笑。

4

　　一月也已进中旬,由希迎来出院这一天。带着氧气瓶及流量计、加湿瓶、固定支架等一套器具,时隔五个月回到自己家中。我在下午稍早些时候前去看望。递过路上买的花,她凑近脸,说道"好香"。

　　"水仙都上市了!"

　　她脸伏在花上不动,一副昏昏欲睡的样子。闭上眼睛,水仙花香是那样清新。一瞬间,觉得两人正走在初春的山路上,就好像我们果真共同拥有那样的过去。

　　"住院期间你探病带来的花给我很大安慰。早上醒来每次看见花瓶里的花,都切实感到今天也在活着。"

　　由希正要往下说,她母亲端茶进来。和我简单交谈两三句,从女儿手里接过花,道谢走了出去。

我拿起盘里的茶杯，一股玉露的浓香袅袅升起。

"最近我想来着。"由希说，"活着的实感和活着的事实，可能不是一回事。"

感觉上似乎被对方出了一个唐突的谜语，我扬起脸来。她字斟句酌地继续说道："不可思议啊！这么卧床不起以后，活着的实感反而强了。或许好好的时候因为活着的事实真真切切，所以没有感觉的必要。像我这样作为事实出现危险以后，'啊，我在活着'这种实感就变得尤其珍贵。如果失去了这个，为什么活着就弄不明白了。因为那才真正成了大家的负担。"

"想这些事了？"

由希现出怯怯的微笑："我一直在想，即使我这样的人也必须证明活着的价值才行。与其说对别人，不如说对自己。"

她说在家人静静入睡的深夜，因为睡不着常常一个人看电视或录像。不安的、孤独的夜，好几次打开床头灯起来做深呼吸一分一秒熬过的长夜。天快亮时好歹到来的短暂的睡眠。甚至觉得睡眠就像一种恩宠,担心早上醒来。那沐浴着透过花边窗帘射进的晨光的花瓶,在由希眼里是怎样的呢?

"一起生活好吗?"我硬邦邦冒出一句。

由希从床上转过脸看我,仿佛在确认是开玩笑还是真心话。而后以渗出笑意的语声问:"怎么了?"

"没怎么。"声音里掺杂着焦躁,"不是刚刚想起的,从很早以前一直在想,想自己迟早照顾你。"

"什么时候开始那么想的?"

"不知道。"我像被什么催逼似的接道,"知道的只是现在时候到了。"

她茫然注视空间的某一点。视线对不上焦点,似乎在看很远很远的对象物。须臾,由希像要岔开我的请求,讲起别的话来。

"高中修学旅行当中在一家寺院的僧房住过。那是在志贺高原滑雪之后。傍晚到的,那天夜里和同一房间的人聊得很晚,笑得前仰后合。每个人都有未来的梦幻和苦恼,看上去比天天在教室见面时成熟多了。"她停住喘口气,"第二天早晨在寺院里散步。喜欢那里的空气。不但安静，还好像能让心情真正沉静下来。太阳还没升起的寺院冬日的早晨。静得不能再静的空气中传来的诵经声。年级集会上老师讲的话至今留在心里：假如再能返回一次自己喜欢的时光，多数人想必返回高二的时候。我真那么想。那一时候现在也让我怀念，觉得那一时间的自己是无比宝贵的。"

交谈像要就此中断。良久，由希像要填补空白似的说："和你永江君度过的时光，对于我也是无比宝贵的，所以必须珍惜。"

"以后两人要过的时光就不是无比宝贵的了？"

由希的心情并未现出动摇。好像一开始就已得出结论，只是找时机说出口罢了。她像要把小小的易碎的玻璃船悄然放飞上天那样说道："不行的。"

"为什么？"

"光是让你为我做，我却什么都不能为你做。"

"什么也不能做也没关系，因为我想为你做才做的。"

"不会顺利的。"她低下眼睛。

"为什么那么想?"

"相差太悬殊了。"

"指什么?"

"无论什么。"她仰脸看我,喟然长叹一声。随即振作精神接下去说:"和你在一起,我感到自己只消是原本的自己就可以了,用不着证明什么……倒是表达不好。包括病在内,我觉得原原本本的自己整个被人接受。所以,这样就足够了,希望你继续这样看待我。"

"这个和一起生活有矛盾?"

"我可是特别添麻烦的人。如果你开始觉得我是个负担了,那可怎么办?"

"不会那样的。"

"添麻烦是什么意思,你并不清楚的。"

我觉得自己被拒之门外,缄口不语。

"对不起。"由希低下头悄声低语,"我需要的照料,实在是不同一般的。毕竟什么都不能做,往后更加不能做,因为这种病不可能好的。一步一步发展,最后变得一无所能。即便那样,你也许没有厌烦表示地照料我。可是,即使不说出口,即使不在态度上表示出来,你心里某个角落也未必不会偶尔掠过阴影,觉得自己现在照料的对象是个负担——如果出现那样的瞬间怎么办?你肯定因此责备自己。而我不愿意让你有那样的感觉。"

"你可真够为我着想的。"我注意不让语气带有挖苦意味,"可你不认为现在是我考虑你的问题的时候吗?我也并不怀有梦一般的希望,只是想最后照料你,想在身边看护你。"

她没应答。从南面泻入光线的太阳缓缓向西转去,带有红色的阳光久久停留在拉窗端头。房子里不闻任何声响,仿佛堕入扭曲的时空。两人都不开口,置身于不流往任何地方的时间河流之中。

后来,房间外面响起很小心的语声,由希母亲拿插在花瓶里的花进来,把花瓶放在窗边桌子上。桌子是由希上小学时就开始使用的。母女两人不约而同地对视交谈两句。由希若无其事地笑着。笑罢,眼角现出皱纹。我再次感慨两人之间流逝的岁月。母亲走出房间后,由希说:"后悔不该委托那样的事，母亲说。"

我知道指的是什么。而且我心中应该早就有了答案，但不能说出口来。

"一次说过小时候养的那条狗死时候的事吧？"她以沉静的声音继续，"记得我说的天国？"

我默默点头。

"那时我想相信天国和神明的存在来着，觉得不能不信。为了死去的狗……不，不单单那个，为了化解自己的悲伤也硬要相信天国的存在。但近来我认为，想让自己相信什么本身或许就是不自然的，实际上恐怕用不着相信什么。那是自然而然明白过来的。"

"明白了什么？"我终于开口。

"什么都明白了。"说着，由希转过澄澈得近乎冰冷的眼睛，"明白了自己为什么得这种病和为什么必须死去，明白了死是怎样一种体验，是自然而然明白的。所以没必要勉强相信天国和神明。没有那类东西也完全做得来。"

那是一种孤注一掷的说法，给人的印象是：有什么在由希身上、在她身上趋于完结。一股冲动刹那间袭来,恨不得摇晃她肩膀让她醒来。然而,她本来就是醒着的,或许是我正迷迷糊糊沉醉在无限漫长的伤感中。

"有人长寿,有人不长寿。"她自言自语地说下去,"有人同疾病相伴终生,有人一辈子和病痛无缘。以健康和长寿为基准考虑,可能不够公平。但作为我,只能以自己的人生为基准来考虑。健康而且长寿,那或许是再好不过的事,但对于我来说,好比转世生为别的动物。不知什么时候,我开始觉得那种比较已没有多大意义。"

她抬起脸,以意外坚定的目光看我:"现在这样足可以了。即使以前……所以以后也可以的。"

"打算一个人离去?"我追上一步问。

"只能一个人离去的。"她果断地回答。然后像在脑袋里反刍自己的话似的说:"不过,一个人也罢两个人也罢,其实或许怎么都无所谓。"

语声变得远了。

5

新年到来也看不到任何光明前景。世界股市持续下跌。尤其以 NASDAQ 品种和小盘股为投资对象的基金大体都在苦苦挣扎。表现较好的是以金矿股为主要投资对象的基金。较好的原因可以设想两点,一是近一年来金矿股大幅上扬,二是由于恐怖袭击事件的影响人们开始作为资产的避风港购买黄金。

经济景况总有一天好转。由希的病却不可能好转。纵令不急剧恶化,情况也在一点点变糟。此刻、此一瞬间,所剩时间也像沙钟一样不断减少。我感到一阵阵窒息,仿佛被关在狭小的笼子里。没有出口,哪里也去不了。不是说只要熬过一时就有办法可想。

时常想祈祷。但祈祷这东西,从幼儿园出来以来就不曾做过。就连那时候的祈祷如今也不记得了。我上的是天主教系统的幼儿园，园长是西班牙人。园内有很气派的礼拜堂，儿童们在严肃的气氛中每天做一次祈祷。好像饭前饭后都要向谁朗诵感谢话。可问题是，那些能否称为"祈祷"吗？至多像是介于规则和习惯之间的东西。对孩子们来说，感觉恐怕和洗脸刷牙差不许多。现在虽然祈祷，但也不知道如何祈祷。即使知道，恐怕也还是要对由自己祈祷感到别扭。

　　睡觉就做梦，大多是同由希的死有关的梦。也有周而复始的梦。我在等人。地点像是大学校园。于是由希来了，身穿薄得几乎可以看见内衣的夏令花裙子。我们面对面站着，默默站了许久。因是逆光，看不清由希的脸。只是，两人都觉得好久没见了。我很想她，禁不住要把她紧紧搂在怀里。但由于她的裙子太薄，怎么也接触不到。好不容易搂过肩时，由希却扭过不无凄然的面庞，这样说道："丈夫等我呢，这就得过去。"

　　平时的我没兴趣解梦。那次醒来后也独自在床上发笑，笑内容的荒唐无稽。有嫉妒心情留下来也很奇妙。但到公司之后再次想起梦境，这回竟有些伤感。觉得梦实在太符合现实了。梦中由希穿的薄裙，难道不就是她似乎一碰即可损坏的身体的象征吗？而她等待的主人，不就是把由希从我身旁夺走的"死"吗？

尽管在公司里驱使巨额资金，却每每为虚幻感所俘虏。这些钱对于我毫无意义。不过是在注视看不见面孔之人那透明的欲望洪流罢了。不错，人们认为只要有钱，在这个社会上大多事情都可以办到。不仅如此，钱还正在成为个人 identity 赖以形成的几乎唯一的实体。任何人都有平等权利、都成为自由个体的结果，使得我们统统自闭于个人没有名字的群体中。我们之所以近乎过剩地意识到个性和独特性，是因为我们生活在自己和他人无从区分的、自己不过是多数中的一分子这一现实之中。若说得以生存的差异，无非是消费。为了使自己像自己而消费。为此而挣钱、存钱……我们的生意也因此得以成立。

然而，有钱便无所不能这点，作为悖论总是同钱在本质上是软弱无力这点相辅相成。真正需要的东西，必是钱所买卖不得的例外之物。横竖都想得到的东西，必是消费社会的商品目录上所没有的物品。

对什么都感到厌烦。无论对将消费和创造混为一谈的生活，还是对将投资和盗窃合二为一的工作，抑或对较地球环境问题更担心电脑病毒的同事们。我很想把不需要的东西一扔了之，让人生回到白纸状态。茫然若失的时候多了起来，在办公桌前、在会议进行当中、在开车路上……

意识到时，正在回想和由希度过的一段时光。每个小小的回忆都撩人情思。不经意间经历的事情，如今无不觉得异常珍贵。我所需要的，是那般微乎其微。有由希的未来……我不愿意她没有了。哪怕病卧在床、哪怕不睁眼睛，也希望她在那里。然而时间总是巧妙地从我手指间溜走。真正想得到的东西，相求也好祈愿也好绝对不可能得到。

重逢后的几年，每到秋季就带她去看红叶。那是一座几乎不为人知的禅寺，听说夏天杜鹃花很漂亮，但花季不曾去过。为了求静，大多在午后晚些时候前往。狭小的停车场的树木已在地面投下浓重的阴影。登上两侧开沟的平坦的寺前道，穿过山门那里有一座没有剪修的庭园和古老的大殿。付了权作心意的香资，走过空荡荡的榻榻米殿堂，檐廊外即是相当漂亮的苔藓庭园。

历经数百年沧桑的绿苔酿出安详沉静的情感。表现大海的白沙勾勒出美丽的波纹。点点处处配有形状好看的石块，旁边栽着枫树。整个院落有二十棵左右。每一棵树叶的色调都不相同，即使同一棵树也有微妙差异。地面落满红黄叶片，如锦缎一般闪烁其辉。

四下悄然的黄昏时分，我们坐在幽暗的檐廊上，几乎不交谈，只是久久看着庭园。树干周围覆盖的苔藓上散落着鲜红鲜红的红叶。被雨淋得湿漉漉的凤尾草在其柔软的叶片上承留着直欲燃烧的红色。视线再往前伸，庭园连向后山的斜坡，不时有树间来风传到耳畔。但风几乎吹不进静谧的庭园里面。离开树枝的红黄叶片无声无息地翩然落下。

"漂亮啊!"她轻声低语。

"嗯。"短促的应声停在喉咙深处。

时间缓缓流逝,一如树叶一片又一片离开枝条。后山树林飒然作响。

"像谁在哭似的。"由希说。

一天,我提前下班,漫无目标地独自开车前行。意识到时,已穿过城中心拥挤的路段,向海湾驶去。中途飘起了小雪。雪如小小的羽虱飘落下来,碰在挡风玻璃上化了。水滴被风压徐徐赶去四周,最后变成飞沫溅向空中。这种单纯的周而复始撩起我孩子般的情思。

开上海湾道路,雪猛了起来。挡风玻璃上的雪没等融化就被接连吹去,只好启动雨刷。这一带并立着高大的仓库。由于汽车废气的关系,护栏黑乎乎的。对岸可以望见由高层公寓和异形楼宇构成的多少带有前卫意味的海岸风景。从寒碜冷清的公园旁边经过时,由绿色塑料布和纸壳箱建成的"家"闪入眼帘。奇妙的光景。就在堪称财富象征的超高层大楼脚下聚拢着流浪汉们的缩头缩脑的蜗壳。第一世界中的第三世界。或者说是第三世界中忽然冒出第一世界也未尝不可。穷与富竟如此比邻而居。随即,觉得目睹的光景不是现实存在,任何时候消失不见都无足为奇。

兴之所至地打开车内音响。正是傍晚经典音乐时间。节目似乎是歌剧序曲和间奏曲特集。全是流行歌曲。《黛依丝的沉思》之后,流出耳熟的旋律。须臾,类似眩晕的感觉朝我袭来,脑袋当即混乱,不知道这里是哪里。一种揪心的痛苦连同怀念之情涌上胸口。

好几年前由希还行动自如的时候,两人曾去有温泉的古城做一日游。城里除了温泉什么也没有,而她又泡不来温泉。我连这个也没确认就决定了目的地。市中心有座山,山上有城堡。我们坐缆车上到天守阁。那是六月间闷热的一天。两人坐在树阴下的长凳上,眺望城堡下铺展的市容。市区绿色不多。由希一个劲儿担心枝叶繁茂的樱花树上有毛毛虫掉下。

下山用的是升降机。她先上去,我随后。标明所需时间五分钟。她把胳膊拐在升降机立柱上,脚在踝骨那里轻轻交叉。当时我暗自打赌,赌她到终点之前回不回头,回头就我赢。

脚下是自然生长的草地。由希似乎看着下面寻找花草什么的,不时探出上身。以致我担心她看奇花异草看入迷而从升降机跳下去。很快,下面的车站临近了,安全员的长相都看清楚了。正当我心想怕是赌输了的时候,由希就像被无形的细绳牵引似的回过头来。视线相碰,她像捉迷藏时被发现的孩子一样淘气地笑了。

本打算穿过萧条的商业街去火车站,不料中途好像迷了路。由于不是要赶时间,便没有问人,大致估计着向前走去。避开车,沿住宅地带纵横交错的小路前行不远,看见一块美术馆预告板。白胶合板上用红漆印着美术馆名字和指示箭头。连临时厕所都标明了,很难说是有审美情趣的预告板。两人都半信半疑，但还是顺箭头方向走去。果然有美术馆。围着白色院墙的崭新的石砌建筑物，同预告板相比，雅致得令人意外。

在问询室买票进去。沿天井楼梯上楼，展室一直到三楼。一楼为战后日本画，副二楼和三楼为近代日本的油画，正二楼为集中罗丹的雕刻、铜版画和素描等作品的展室。从美术馆名称看，大约是个人藏品的对外展示。藏品内容非常充实。也许闭馆时间临近的关系，或者因为美术馆本身的存在还不太广为人知，入馆者仅我们两人，可以尽情欣赏中意的画作。

下到一楼展室时，问询室那位女性打开展室角落放的八音盒。八音盒是德国造，有餐橱大小。拧上发条，玻璃门里面的金属圆盘开始缓缓旋转。那位女性告以曲名后走出房间。《乡村骑士》（*Cavalleria Rusticanu*）的间奏曲。我们在展室中央的矮沙发坐下，品听大约仿奏钢琴谱的八音盒旋律。古老的木制八音盒奏出浑厚蕴藉的音色。

音乐结束后我们仍坐在沙发上不忍离去。馆内静悄悄的,什么动静也没有。突然,由希来了个大胆行动,抓起我的手,轻轻贴在自己左胸,不无羞涩地微笑道:"你得记着。我喜欢你永江的那时候,我身上怦怦直跳的就是这颗心脏。分离期间也不曾忘记。我是一直感觉着那时的心跳活到现在的。"

我怕来人,一时心神不定,没能好好品味她的话。但由希看样子并未理会。

"想以这个身体活到最后!"她以坚定的语声说,"重新相见以后,你带我去了很多地方。刻录两人在一起的时间,呼吸两人在一起的场所的空气的,就是这开始破损的肺叶和心脏。如果换掉,我身上最宝贵的东西就要失去。"

"那怎么可能呢!"

正当我要以笑掩饰时,问询室的电话响了。我不由得缩回手。电话铃很快停住,传来接电话的那位女性的声音。由希怅怅的眼神转向窗外宽大的庭院。两人都缄口向外看着。她捕捉我将要缩回的视线说道:"假如换成别人的心脏,就不会为你怦怦跳了……那可如何是好呢?"

我把车停在海滨公园一侧的路上，下到车外。附近有咖啡馆和饭店，但好像没人。雪断断续续下个不停。穿过为防风栽的松树林，眼前出现铅色的海面。木栈道前面舒展着人工沙滩。沙滩上不断有不大的波浪打来冲刷瘠薄的沙子。海湾方向刮来的风意外强烈，正面迎对刮得有些作痛。稀稀落落的雪花被风卷起，重复着率性而复杂的动作。我避开风，在凉亭样的休息场所的长凳坐下。

我怔怔观看海岸景致，开始茫无头绪地思考自己和由希的事。不可思议！二十年前我们的人生一度失之交臂。那以后，我是我，她是她，各有种种样样的际遇。五年前偶然重逢。现在我觉得自己自出生以来一直朝她走来。歌德的小说中，韦尔特尔从门后看见给弟弟们切面包的莎罗特而堕入情网。我不知道自己何时堕入情网的，不曾自觉恋情萌生的那一瞬间。

一次我对由希说自己不是在功能层面同她交往的，即免除性事。实际上是否可能我不晓得，但一开始我就把她从同床对象的名单中去掉了。诚然因她有病，但也许并不仅仅如此。我是想以病为借口同由希保持距离。

在某种意义上，喜欢她是无从得到回报的行为。喜欢的人迟早死去。这对爱恋她的人是致命的。我把喜欢由希的精力转移到钱上，准备用自己赚得的钱让她做移植手术。可是……尽管那样，我恐怕还是在以自己的方式喜欢她——恐怕还是通过让钱和最新医疗介入二者之间这个极其迂腐的做法不断地思恋她。也许想把真实情感系在钓线头上抛往远处交给水流，使之避开自己的心。

我想起和波佐间度过的山中一夜。那时他以消极的语言讲述父子关系，同时想就本来不能左右的东西加以阐述——关于过于依赖技术力量而猝然招致损毁的可能性。由希的存在之于我也是那样的性质。她让我认识到了绝对不可左右的、因而自己无能为力的东西，只能祝愿、祈盼的东西，再祝愿再祈盼也将滑过自己的手而被带走的东西。她从超越人之智慧的微妙场所来到我面前，我们因之得以邂逅。

或许将来像由希这样的病人也能通过更换内脏部件得到救助。以别人提供的技术为前提并仅仅从这一前提开始思考的人多了，生的意义在总体上未尝不会变质，死也成为一种消费行为、一种技术性对策。然而，不知幸与不幸，我和由希是在无可取代的、有限的生命之上相遇的。未来也许发生未来之爱，但那不是我们的爱。

雪越下越猛。大片的鹅毛雪眼看着覆盖了人工沙滩。涌来的波涛赋以其幻想形态。隔海湾望去，迷迷蒙蒙的超高层大楼和公寓俨然废墟。当我站起向停车位置走去时，海湾里金光四射，炫目耀眼——天空一角重合的厚厚的雪云现出缝隙，阳光聚成数条光柱一泻而下。在我眼里，那仿佛得到什么认可的征兆。

6

告以辞职的决心后,藤木悲伤地看我,问我有什么不满足的没有。我答说不是那个意思。

"你多大了?"

"近来满三十九。"

"三十九?……若是十年前,可以说还年轻。"

我明白他想说什么——时代已很难让人从头开始,重新做一件事比十年前不知困难多少倍。可我并非想从头开始。改变什么或重新做什么已来不及了。我只能终止一切、离开一切,而且当机立断。时间并不绰绰有余。

藤木深深缩进沙发,闭起眼睛。持续沉默。等我说起什么不成?除了辞职我没有要说的事。良久,他忍不住似的开口了:"休假一段时间不能解决吗?"

"很遗憾。"

"辞职往下干什么?"

"还没考虑。"

"一下子什么都厌烦了?"藤木自言自语地嘟囔一句,盯视我的脸坦率地问,"原因在于CRYOGENESIS对吧?"

虽说那并非一切,但或许是一个契机。

"你没有按指令多多买进,很少有的事。若是其他经理,不会听之任之;但因为是你,我想大概有某种理由,就等看看情况再说。结果你提出想洗脚上岸。为什么?"

我没有回答。回答不好。尤其他要求的那种简洁扼要的回答,想拿也拿不出来。能简单概括的事项一个也没有,特别是关于由希的。

我依然沉默不语。藤木长叹一声。

"一度离开的人不会重新接纳,这点知道吧?"

"嗯。"

"那么,能在公司待到什么时候?"

"想在年度内把眼下的工作处理完。"

"往后呢?"

"打算交接。"

"负责人由植树担任应该合适。"我说,"懂得套数,由他负责,投资风格不会有大的变化。"

"经理名字变了,投资家们会不安的吧?"

"公开公司决算等方面可以继续用我的名字。面对投资家们的讨论会等等,如果需要,我也可以露面。"

"至少再干一年不行吗?"

"那不好办。"

"为什么?"

"交接妥善交接,如果需要也愿意给予建议。植树是出色的经理,作为我的后任完全胜任。"我这样代替回答。

"现在辞职,很可能被认为夹着尾巴逃跑的哟!"

或许。

"你的人生是在这里的,我想。"藤木换上真心关怀的语气。

"明白。"

"不,你不明白。你不明白你在真正意义上弄没的是什么。因为对现在手上东西的价值,自己是很难明白的。有也以为理所当然。而在弄没的一瞬间就会后悔,后悔没有好好珍惜,并且千方百计想找回来。可是,那时候什么都到不了手的,千真万确。"他略一停顿,"对于自己所处的环境,多少采取接受态度如何?"

再说下去已经没用,自己不想和藤木争论人生问题。他也好像看出我去意已决。一会儿,藤木站起身来,我也欠身立起。若是平常,这是谈话结束的表示。但他双手叉腰,似乎回想是为什么站起来的。

"对自己满足的人哪里也不存在。"他说,"也包括我自己。"

见我默然,他蓦地打开桌子抽屉,随即以困惑的神情看我。

"知道我做什么?找烟!往日习惯。"他苦笑着继续,"真是怪事,戒掉都已快十年了!在办公室,总是把烟放在抽屉里，因为放在胸袋里动不动就吸上一支。"

藤木缓步走近办公室墙上挂的一幅裸妇像。房间有十来幅画。除了弗拉曼克①和莫迪里阿尼②的素描，全是我不知晓画家的作品。"画布还白的时候，任何人都有可能画出世界性作品。"他看着画自言自语，"但画布一旦涂上颜色，在几乎所有的情况下都成了单纯的爱好。所以我不画，而代之以收集。如今可以说是唯一的爱好。"

他移步到另一幅画前。

"不可思议啊！一段时间里非常喜欢的画，几年过去后开始觉得分文不值，觉得为这种画出大价的自己难以饶恕。肯定是年龄的关系。年轻时肉体和精神同时变化，嗜好和感性当然也变。而上了年纪，就不再那么变化了。近来，得知自己的爱好已

---

① Maurice de Vlaminck（1876—1958），法国画家，画风粗犷，代表作有《红树》等。
② Amedeo Modigliani（1884—1920），生于意大利，巴黎画派的代表画家。作品有《躺着的裸妇》等。

固定下来,不再像过去那样为很多东西动心了。无论多么无名画家的画,也有只看一眼就知是适合自己的作品。相反,对戈雅①不再认为他是多么了不得的画家了,年轻时倒是相当为之着迷,甚至有一时段认为他是世界上最好的画家。但现在已在相应的场所安顿下来,今后大概也不会有变化。"

藤木久久看着画。而后像有什么难以启齿似的注视脚下地毯。

"往后几十年时间里,你有可能在认为自己的人生位于别处当中度过的哟!"

"明白。"

不,你不明白,我预想他这样回应。然而最后一句话出乎我的意料:"啊,那怕也未尝不可,虽然失去你很遗憾。"

我从不久要离去的办公室窗口长时间眼望窗

---

① Francisco José de Goya y Lucientes(1746—1828),西班牙画家。作品有《着衣的玛哈》《查理四世一家》和《1808 年 5 月 3 日》等。

外。我想起谁写的一句话：钱成了新的性交。随着对轻松的性行为可能带来致命后果这点的认识，人们开始作为实现个人充实感的方法把兴致集中到钱上。无论美国主导的全球化还是作为主轴通货的美元，都未尝不可以说是艾滋病的受益者。

报纸上出现去年自杀者的数字：三万三千人。实际上恐怕数倍于此。原因的第一位是健康问题，第二位是经济、生活问题。还评论说年轻人自杀人数下降，中老年工薪阶层自杀人数上升。听得工薪阶层因苦于裁员自杀，把他们逼入死地的公司自然恼火。但是，公布大刀阔斧的裁员计划而可望提高收益的公司的股票上扬也是事实。继续买进那类公司的股票或重新买入后将其纳入股票品种以期取得最佳业绩——这就是我们的工作。裁员也好自杀也罢都可成为赚钱材料。在这样的世界里活了许多年。若让藤木来说,即我的人生是在"那里"的。可是，恐怕到了离去也无妨的阶段。

有评估个人市场价值的咨询公司。就领导能力、社交能力、语言能力、电脑技能等项目逐一评估，以其综合分数来评估一个人的劳动潜能。即使在公司内部，将各自的工作市场化、根据其市场价值决定待遇的成果主义也正在成为主流。市场价值低的人被无情列为解雇对象。这样的人事，唯其一看具有客观性和透明度，结果也就更糟。自己的能力被精细计算后告知"所以你要走人"，连反驳都无从反驳。一切都被可视化、表层化。就连和自己本身的关系也被置换成这类东西。

假如评估一个人能做什么并以此作为那个人的价值，那么我们恐怕很难从CRYOGENESIS所推进的那种基因工程式未来中逃离出去。倘若能够不给周围添麻烦即可创造高产值的人即是有价值之人，那么父母企图控制将出生孩子的基因就是必然趋势。而像由希那样的人就只能选择安乐死，别无他法。

她房间的书架上有一本很薄的书，书中介绍了为不能去室外的小孩子提供其与动物接触机会的医疗计划。我从她那里借来这本书看了。有的孩子患小儿麻痹、肌肉营养障碍、脊椎破损等种种样样的身体障碍，有的孩子只能借助轮椅和可移式床来移动，甚至无法用语言沟通。也有的孩子因遭受虐待而有心灵创伤，还有的孩子被诊断为感染了 HIV 后遭父母遗弃。

临时去那种设施里的动物也大多有某种重负。失去一只翅膀的猫头鹰、不知道母亲而长大的狐狸、从养主那里逃出的狗。据计划的主持者介绍，孩子们目睹有障碍的动物们不失尊严地作为一个完全存在而生存的姿态，可以从中发现希望。并且，动物们并不介意孩子是否缺胳膊少腿以及会不会说话。人类社会的规则和常识不具意义。孩子们通过与动物接触而从心内的不安中解放出来。同时通过照料动物而感觉对自己以外的存在的责任，体会无偿给予的快慰。而且可以感觉到自己以前无论肉体上还是精神上都是一个完全的存在。

若比照这一计划，由希就是受伤的动物。身患不治之症、生活不自如的她自始至终不失健全的灵魂和威严——这点让我怀以虔敬和谦恭的心情。我们之间存在不可思议的对称性。本应无所不能的我在她面前一无所能。相反，本应几乎一无所能的由希却给予了我某种东西。虽然那东西是什么我不清楚，但被治愈的总好像是我。

想想事情的确奇怪。最初，由希是作为身患重病的、需要帮助的人出现在我面前。但不知不觉之间，病症变得怎么都无所谓了。较之病人，我更把由希作为一个正常人来看待。现阶段连病人都不是了，至少对我来说。这莫非意味她已克服了病症？莫非以自己的力量、以自己的方法彻底恢复了健康？

面对由希，我逐渐觉得人纵使身患重病也不可能是完全软弱无力的、仅仅依赖他人的存在。只要还是一个生命体，人就不至于完全失却或损毁。没有生存价值的生命这个世界上是不可能存在的。生命应是被医治的这一想法似乎看错了生命的本质。从根本上说，医疗使人健康这一构思本身恐怕就是傲慢无礼的。在是病人或障碍者之前，他或她肯定是一个无需任何治疗和更生的无可替代的一个生命体。不管患多么严重的病，那个人也是能以自身的力量获得必要而充分的健康的。

就人而言，所谓完全，莫如说是一种残缺亦未可知。人生来就表现为各种各样的不完全。不完全才是人特有的。人因其不完全而得以成为唯一。所谓无可替代性不就是指的这个吗？只要其人成之为其人，纵令并非完整也不缺少任何东西。在我看来，由希的无可替代性是尊贵的。

不觉之间想到了波佐间。在第三者眼里，他所做的不外乎选择胚胎，无非制作具有与自己夫妇同样的潜在能力的胚胎的染色组而已，并非从哪里找来新的基因来使用。因为仅仅是从父母基因的组合之中移植接受了正常对立基因的胚胎，所以较之精子银行之类，伦理问题要小得多。并且，夫妇的希望不过是要个男孩、要个健康的男孩。这是作为父母任何人都会有的普通心愿，波佐间想必也是这样认为的。

或许，孩子出现障碍到底是最初的挫折。他从那里开始追究自己所作所为的意义，结果对自己的行为再也无法采取中立态度。他本身是在将"能做什么"视为首要价值的世界上生活过来的，势必感觉这样的自己的境遇是一种负担。可能是这点作为"自己毁坏式冲动"偏巧冒了出来。然而在自己孩子身上做了同样的事情，作为未来当总经理继承公司的人选择了尚不存在的他者。也许他在孩子的障碍上面看到了自身欲望的投影，所以才说孩子并不可爱。

波佐间害怕自己站在医疗者一边而导致孩子出现暴力性倾向。通过选择胚胎来控制孩子的诞生这一事实似乎像咒语一样挥之不去。一次也就罢了，但经受不住反复。他有可能认为对如此未来的自己是不可能原谅的。他能够从公司交椅上退下来，但不可能回避身为父亲这点。而且，只要他是父亲，他就必须是持续控制儿子的人。所以他想在那次登山中消灭自己——想必是要退往绝对不可能行使力量的场所。

然而作为结果，他选择了生，选择了不死。我在这一选择上看到了高贵。这是因为，想死也好想不死而继续活着也好，都是我们无从原样返回这个世界——我们便是这样存在着——的一个确实例证。

这颗行星被统括在一个系统中，几乎没有其他东西起作用的余地。整个地球被微软化，成为别无选择的世界……活在其中的窒息感。世界只有单一可能性，亦即此刻只有现在。无处可逃，无术可逃。不能亡命，不能挣脱。不存在外部，哪里也没有藏身之处。然而，当人性内部发生变化时，我们便成为不从属于这个世界的存在，将有全新的成长从中开始。纵然不能逃离自己背负的命运，也能通过改变自己而在结果上改变命运的含义。这样，生就有无数选项，充满所有多样性。我们总是为自己想成为什么而困惑而苦恼而挣扎——便是作为这样的存在置身于世界之外。难道不是吗？

如波佐间所选择的那样，我也要做出选择。我知道那是残酷的做法。事实上我已然在这世界上占有一个位置。想成为什么也就意味要损坏什么。

7

　　几年来，每当沙织生日都在能吃到法国菜的饭店一起吃饭。名字起源于布勒东①作品的这家饭店，牛排和葡萄酒十分可口。吃罢主菜，沙织要了南瓜布丁作饭后甜食。我只要了咖啡。

　　"今天有要紧的话。"

　　我提起后，沙织不无畏缩地抬起脸来。

　　"怪吓人的，那么一本正经。"她打诨似的说，"说出什么倒不知道，不过请说得柔和点儿。"

　　我不晓得这样的场所和气氛是否适于说这种话。别的日子倒也罢了，在她生日里或许不该提分手的话。可是又不大可能置之不理地两人一起欢度

---

① André Breton（1896—1966），法国女诗人、理论家。著有小说《娜佳》等。

良宵。何况什么时候说都是同一内容。

"打算辞职。"我绕弯子说。

"辞职报告已经提了?"她惊讶地问。

"正式还没有,但话已经通过去了。好长时间没见,是因为有工作要集中处理,已处理得差不多了。"

沙织定睛注视我的脸。而后倏然泻出笑意,拿起吃甜食用的小勺。

"什么呀,原来是这事。"她以渗出释然感的声音说,"当然,听说辞职是吃了一惊。不过本以为是别的什么事。"

"还有事的。"

我从头慢慢讲起由希的事。两人相遇和重逢的前前后后,她的病,我为她做的一切,现在的情况和以后的可能。尽管是客观事实,但我还是注意说得尽可能准确。事情需要不留空白地按部就班讲出。讲的时间里,很难认为事情果真发生在自己身上。似乎实际发生的事和我现在讲述的事是两回事。但对于以后发生的事是有把握的,话自然拖长。这当中她不打断,也不插嘴或提问。感慨一概不形于色,一副专心倾听的样子。

我说完以后,沙织也久久一言不发,只是手托下巴呆呆看着房间。

"就是说是最后的晚餐了?"她终于开口了。

"对不起,好端端一个生日。"

"为什么不早说?"

"因为没有说的必要,我想。"

"过分!"

"不,那不是的。"我慌忙补充,"我说没有说的必要,意思是不值得一说。和那个人的关系完全没有浪漫的地方。甚至对方是女性这点,自己都好像意识不到。只打算为有困难的朋友做自己能做的事。"

"可头痛的是那个朋友是女性。"

"时至现在,那么说也没办法。当时没以为事情会变成这个样子,所以连你也瞒着了。"

"什么时候开始变成这个样子的?"

我再次思索"什么时候开始的呢"。直接起因大概是由希发生呼吸困难被送去医院那次。那么，该是半年之前。可是，过去是上溯性的东西。我不知道可以上到哪个时段。下定最后决心则是近几星期的事。

"所谓下决心，就是让她入户籍一起生活吧？"

"是的。"

不仅仅如此。但我没说。不是可以向沙织以至任何人说的那类事。

"不管怎样都够晚的了——产生这么说的必要这个情况。"

我没有应对。

"可知道我现在的心情？"她并非问我似的说，"感觉上就像被告知癌症晚期。此时此刻之前还一无所知地活着，一下子说你是癌症，好比说已经没救了。"

"抱歉。"

"不必道歉！"这回她以命令声调说。随即换上恳求语气："别急于下结论。"

我让经过身旁的男侍者再来一杯咖啡。也问了沙织,她默然摇头。

"已告诉那个人了?你的决心。"

"不,还没有。"

"总要告诉的吧?此事再不能变更了?"

"大概。"

"可对方拒绝的可能性也是有的,拒绝和你一起生活。没这种担心?"

"那当然,任何可能性都有。"

沙织盯住我的眼睛问:"真的喜欢?喜欢那个人……"没等我回答她就补充了自己的话,"好傻气的问话,哪有想和并不喜欢的人一起生活的人呢!不过,那个人不久人世对吧?"

对不久人世这一说法的同意还需要有所保留,但由于不愿意把话弄复杂,遂默默点头。

"那一来你能留下什么?那个人死了,你不是什么都留不下?"

"或许。"

沙织吃惊地看着我。"嗯,那是吧。"她以不无做戏意味的动作点头道,"不错,会有和那个人的美好回忆留下来。莫非你打算仅仅如获至宝地带着回忆往下生活几十年？"

"大概。"

"别说傻话！又不是修道僧。"沙织马上换成关切的语气，"心情可以理解，可你不认为那是一时性的？"

"或许。"

"住嘴！"她焦躁地说，"大概、或许……这说法够滑头的了。滑头、过分！不对？"

我倒要说什么，当即打断。

"等等！"她说，"往下别用'大概'和'或许'，好好回答，可以？"

"明白了。"

"那么……"

由于咖啡上来，话被打断。等往两人玻璃杯倒水的男侍者离去后，我说："她不在了以后的事我不清楚，或者后悔……"

"肯定后悔的嘛！"沙织以严峻的眼神瞪视我，少顷凄然低下头去，"百分之一百二你要后悔的。"

我又想说"或许"。

"接着说!"

"往后的事虽不清楚,但思考眼下自己应做什么的时候,这是没有余地的事。不然就前进不得。当然,即使什么也不做地袖手旁观,时间也径自前进,可那时我有可能成为彻底毁掉的人。"

沙织剧烈摇头。

"不成!现在让我听什么都像是一厢情愿的辩解。"

"作为一厢情愿的辩解听我讲完可好?"

她不应声,定定地看着桌面。而后大大呼出一口气,"也罢,讲吧。"

"从合理性角度看,我准备做的事或许是荒唐的。问题是人并不是仅靠合理性活着的。活着的过程的大部分基本是不合理的。除掉这部分,为什么活着就无从知晓了。"

"太伦理性了,你。"

"是不是伦理性我不明白,但至少现在愿意那么做。"

"所谓那么做,就意味抛弃真心爱你的女人,而跑去生命所剩无多的女同学那里?"

我把咖啡杯端到嘴边。沙织的咖啡已在杯里彻底变凉。

"不来点葡萄酒?"

她轻轻摇头。

"为什么事情成了这样子?不能解释一下?成了这样子究竟是因为什么?"

我什么也没说。大概她也并不期待回答。片刻,她扬起脸来。

"习惯是很难的事。"她说,"很难习惯一个人生活。年轻时一直那么打算来着。遇见你,心想两个人也好。总算开始习惯两个人的人生了,却……又得习惯一个人生活。"

说到这里,她长长叹息一声。似乎还想说什么,但转念止住。

"电视机打开不关好了!"良久,她说,"不喜欢家里没动静,这就是电视机的好处吧——能发出人的声音。可是,电视机终究是电视机啊!"

她久久闭目合眼。较之思索什么,更像是消解疲劳。重新睁开眼睛时,沙织的脸看上去老了十岁不止。

"等着,等到那个人去世……我、是个讨厌的女人吧?"

"别那样!"

"为什么?"

"我不想做那种像是分散投资的事。"本来说的是真话,可说出口来竟像是开玩笑。

"明白了。"她轻轻带过,"你是想把一切都投资在那个人身上。不过投资很可能失败,你很可能失去一切,那时候回到我身边即可。"

我默然。但我清楚自己必须说的话。

"那不可能,不会再次回到你那里。我们的事今晚结束。"

沙织热泪盈眶地看着我。目睹这张脸,我知道这一瞬间她被击毙在地。她抓起手袋站起,发出椅子碰在桌子上的刺耳声响。

"我这是干的什么?我……"

我久久呆坐不动。沙织出门走了吗？想必走了。我思考自己做的事。没信心说自己做得正确。不知道怎么做算是正确。在事情如此之前更不知道。对于血肉之躯的我们，绝对正确的事大概是不可能有的。我认为正确的事，在沙织看来也是不正确的。人莫非能活在相对正确之中不成？或者说正确还是错误这样的提问方式本身就是错误的呢……我不知道。

我叫来侍者结账。

8

二月也过去一半的时候,下了一场告知冬日结束的雪。拉开面对阳台的客厅窗帘,耀眼的光线一直射到房间里头。星期日的清晨,时间还早。我三下两下换好衣服,走去公寓楼后面一座小山的公园。长着杂草的斜坡上的积雪沐浴早晨的阳光,蒸蒸腾腾涌起白蒙蒙细密密的水蒸气。公园草坪聚集着鸽子。附近有头戴针织帽身穿皮夹克的外国人遛一条牧羊狗般大的黑狗。鸽子们看样子并不怕狗,把嘴伸进浅雪里觅食。

沿草坪周边漫步。这里那里树上的梅花快开完了,差不多该是樱花鼓蕾的时节。走完半圈的时候,在区政府广告板的提示下抬起眼睛——富士山出现在正面。从嵌在高楼大厦之间的蓝天中白灿灿闪现出来。也许空气清澄的关系,山姿分外鲜明,因此虽然相距遥远,却好像一伸手即可用手指肚抚摸山顶似的。刚刚生成的云絮从楼宇上方厚墩墩流移。根本没想到可以在自己住处附近看到如此景致,觉得好像什么人悄悄为我准备的。无论往哪边看都流光溢彩,世界美不胜收。

我当即去由希家,想把如此清晨的感受告诉她。不料,几小时之间感动已黯然失色,甚至想告诉她的心情也萎缩殆尽。于是我代之以告诉她三月底将辞去工作。她没有显得怎么惊讶,只说了句"是吗",再未多问。

"不问为什么?"

"为什么辞了?"

我轻轻一笑,她也随之笑了。之后两人都默不作声。时间出现一大段空白。我让今早的美景在脑海里复苏过来。将美诉诸语言是困难的,几近不可能。既然由希卧床不起,那么两人所能共同拥有的东西以后势必越来越有限。但是,这个世界是有今早所看景色那样的美好事物的。这一平凡的事实好像会用一缕光线持续照亮我和由希艰难的日子,我从中得到了勇气。

我一边确认自己的语声没有发尖或发颤一边说道:"最后会让你去的。如果下回发生同样的事一定……我保证。不会再让你想起来就怕。"

由希什么也没说,只是目不转睛地注视我,就好像在说不放我去任何地方。那视线含有奇异的力度,如热量一样传来,如早春的风一样扑来。

"一次讲过菊花移香的故事吧?"她像引用古证词那样继续说下去,"你还没忘记那时的约定。"过了一会儿,她以平稳的声音说:"一定得活到菊花时节才行。"她屈指数了数,"还有半年……"

我觉得不至于半年。一瞬间陷入类似天晕地转的感觉。

"一年半也好两年也好,只管贪婪地活下去就是了嘛!"我试着说。

"是啊。"

她漾出梦幻般的笑意。还想说什么,但没有说。我急急地摸她在毛毯下面的手。由希的手比我的手多少暖些,这让我放下心来。

"最后很可能让你别管我，让我一个人待着。这以前也有过几次这样的心情。"

"那时候我拔院里的草什么的好了。"

风吹来，窗玻璃轻轻作响。我在自己心里感觉有风从院里的树梢上飒然掠过。有什么随着微微摇颤的树影一起摇颤。一次两人曾那样摇过、那样颤过。那种遥远的感觉犹如夹在梦境与现实之间的记忆苏醒过来。

"喜欢给你叫名字的。"她说，"从很久很久以前……"

于是我又产生恍惚之感。只以"由希"叫她并不是多么久远的事。可她一说"很久很久以前"，觉得好像远在几万年、几十万年以前。

"管我只叫永江可好？"

"希望直呼其名？"

我就此想了想。

"不，现在这样就可以的。"

"永江君。"

"什么？"

"没什么。"

相视一笑。

"一次想起在新宿一起看电影那个春日。"她以约略沁出睡意的声音说,"好像被弃置的空地。差点儿被不安摧毁的时候,我在舌面上悄悄念叨你教给我的名字。Cloudberry……于是感觉身体从里往外热乎乎舒缓开来。身体深处轻柔地震颤,云团开始缓缓鼓胀。充满令人怀念的温煦。就连为切近的死亡胆战心惊的夜晚也在某种亲密物的包拢之中——便是那么叫人深信不疑的怀念之情。"

话意外止住,两人都觉得似乎有什么没有说完。至于那是什么却不知晓。倏然,一幕冶艳的记忆擒住了我。抱过此人的裸体,但觉整个人都被异常有诱惑性的记忆劫掠而去。脑袋一片混乱,不知自己此刻置身何处。而当嘴唇移近喃喃细语时,冷冰冰的肌肤为之一变。意识深处有什么松缓开来,向上浮升着渐次远离,少顷所有感觉失去轮廓流去。在虚无缥缈的景象中,甚至对方和自身的区别都已模糊不清,不知触与被触,不知尝与被尝,既不浅又不深，做完动作简约的、不知归宿的交合之后，呼出润湿的空气抬头一看，枕头上有一串植物。

似乎过去很长时间，而实际或许仅仅数秒。不知何时，风停了。早春阳光下的庭院绿树把姿影映在房间的磨砂玻璃上。我们看着那姿影，恍惚觉得自己是被什么叫来这里的。为了照看她的死？未必有如此限定的必要。在此刻身在此处的清晰意识之中，两人每次互叫名字，我都想到被带到当下光明里的奇妙活物。

由于我答应帮助自杀，由希看上去比以前镇定了。接受她的愿望，岂不等于承揽了并无权利做的行为？这让我感到惊惧。但是，接受想死这一愿望同实际满足这一愿望是不同的。对由希来说，重要的或许是让对方接受自己的心情，是让一个人听取自己对于死的愿望。她需要和肯接受其愿望的人共同拥有一个东西。倘一再拒绝，势必等于连她的心情也拒之门外。

在此之前，我一直拒绝考虑由希之死。但问题是，否定她的死，恐怕连她的生都否定掉。一旦否定什么，予以倾听的行为必然终止。其结果，关键的倾诉也漏听了，即便能听到的东西也听不到。我是在一直听取由希不成声音的倾诉吗？所听的没有可能仅仅是自己的倾诉？我耳朵听得的不会仅仅是自己的需求？

那一时刻果真到来怎么办呢？现在的我想的未免乐观。她已同自己的病相伴不止十年。关于她的病，包括医生以内，不会有人比她更了解。所以，她认为快要不行了，就是真不行了。即使不能用语言表达，也会发出某种信息。我只要侧耳倾听由希的诉说即可，应该不至于听漏。

为什么对最后如此执着呢？迄今为止几乎分别度过所有时间的我们为什么想一起度过所剩无几的朝朝暮暮呢？莫非因为我们不得不考虑"死后"不成？因为我们并不认为一切并不因死而终结不成？

死后的生有还是没有，谁都无法断言。大约怎么都无所谓的。在死这个问题上，有时候只能出以各自的考虑表述。如生之意义属于个人性质的,死的意义也极具个人性质。既有人相信死后的生,又有人认为归之于无。他人对此不宜说三道四,看来最后只能委身于各自心目中描绘的死。

即使逝者和送行者之间,死也同样各人是各人的,甚至有可能截然不同。逝者有逝者的死,送行者有送行者的死。一如逝者委身于其本身描绘的死,送行者也同样要物色坐起来舒适的位置目送逝者。大概唯一可以断定的是:我们生前构筑的关系将为各自备下两相适合的死。死是在生的样式中形成的,或者莫如认为是死的一部分为好。

现代科学文明把死弄成不可知的东西。但不可知和虚无不同,完全不同。死的不可知,使我们的生有了丰富多彩的可能。以我自身而言,同样不认为有死后的生。若有,恐怕也是和生不同的什么。至于那是什么,大概永不可知。我们以不可知这一形式触摸永远,与不可知的相伴而生。我觉得此即足矣。

死是无可回避的现实。但,迄今为止未曾有人阐明死也是事实。既然那样的人一个也没有，而又不能体验自身的死，那么将来我们也绝不可能阐明死。也就是说，死永远是未知的东西，是一个个水灵灵的崭新崭新的东西。未尝不可以说死是我们两人特有的东西。

由希的病发展着，一步一步、稳扎稳打……每次都需要产生有所失的感觉吗？就不可以认为有所得、又朝什么接近一步吗？死诚然割断了一种关系，但也催生新的关系。有形之物迟早有终结那一天。有形之物的终结有可能是无形之物的开端。这么想会是不合理的吗？如果说不想缺失了她的体温和微笑的世界，那是说谎。于是，我不知道自己做什么好。但我不认为现在的自己不幸。

都说唯独人对死有认识。也许人在认识到死的时候发明了类似爱的情感。为什么呢？因为自己是理应死之存在这一认识同能够爱他者这一能力看上去正相平衡。若将意识到自己所爱之人是唯一的、无可替代的存在这点视为对一个人的爱的本质，那么我们大概就能通过对如此他者的思念来救赎自己的死。

所以,我觉得为什么执着于"最后"这个设问同为什么人与人邂逅这一设问是同一回事,回答的将是同一场所的同一难题。接近找出答案的感觉有时也是有的,但第二天又再次远离——我便是如此日复一日地活着。

9

以为会继续暖和下去，不料第二天就冷了起来，仿佛倒回了冬季。季节在时进时退当中缓缓流移。那家医院位于郊外幽静的田园地带。三月末一个春天特有的风和日丽的日子。从停车场爬上徐缓的斜坡，一座白色建筑出现了。问传达室，告以房间在二楼，单人间。我确认白尼龙带上用记号笔写的名字，敲了敲门。意外快活的语声催我进去。

"来得好来得好！"

波佐间从靠窗的床上以笑脸迎接我。我道歉自己好久没来，递出自己带来的果篮。三个月没见，看上去他的脸好像返老还童了，甚至比我知道的学生时代还要孩子气。脸庞的棱角没有了，多了一点儿脂肪，整个脸圆乎乎的。也许一段时间离开工作的关系，或者也有所服药物的作用。

"住起来好像蛮舒适的嘛!"我环视房间说。

"被索去不少差额费用!"他边倒茶边应道。

除了床,房间还有放衣物的柜和不大的洗漱台,还有电视机和电冰箱。

"太太呢?"

"应该傍晚来。"

腿伤治好后,波佐间转来这家医院,来一个月了。本来可以早些前来看望,但用电话说倒也罢了,见面总让人心里沉甸甸的,况且对方也好像并不希望。

"最初一星期药合不来。"他递出用袋茶泡的红茶,开始以事不关己似的语调讲以前的经过,"我好像是安眠药不起作用的体质。药力大了,昏睡一整天起不来;药力小了,又睡不着。好像和安定药搭配使用来着……如此这般,为调药就花了两个星期。"

"现在睡得可舒服?"

"舒服虽谈不上,但总能入睡了。毕竟,在这里睡觉就好比工作。"

在电话中说听着诵经声睡觉，是去年年底的事了。奇妙的入睡法那时也听他说了。不过，好像还很难自行保证正常睡眠。伴随睡眠的紊乱，出现了抑郁症状。转院是他本人的意思。

"你那边如何？"他大致讲完自己的情况后，以听起来未尝不可以说是冷淡的口吻问。

"基本可以了。"我说。

"是吗？"

辞职的事在电话中说了，和由希的事也说了。但波佐间无意接触那两件事，仍以快活的语调大讲特讲——还兼带治疗者的眼光——自己的身心情况。从中我感觉出他特有的恭俭与体贴。

"关键是一天做一点、一天天坚持做下去，人家说。"他提起定期去咨询的事，"没有哪个马拉松选手起跑时就考虑42.195公里开外的事。人这东西活在世上本来就不该考虑得太远——听得我心悦诚服。想想确是理所当然。往远里说，除了全都要衰老死去没别的。"

我们天南地北地聊着，没什么特定话题。但还是在房间待了三十来分钟。

"差不多到 OT 时间了。"他看着电冰箱上的钟说。

"就是作业疗法那玩意儿?"我边起身边问。

"现在做陶艺和皮革艺术品。今天是陶艺。技术提高了,也给你做个茶杯什么的。"

作业疗法室位于从病房稍离开些的地方。医院院子里栽的樱花树已三三两两开花了。据气象台说,这个星期就进入赏花期。波佐间在一棵老树下止步立定,仰望树梢。大大分开的树枝之间的蓝天有喷气式飞机曳着雪白的云絮飞过。

"怕是要变天了。"他慢条斯理地说道,"不是有个说法说一有飞机云出现就要下雨吗?"

我在想其他事,随即说出口来:"知道我现在想什么?"

波佐间回过头,"我又不是读心术专家!"他吃惊地说,"那,想什么呢?"

给他这么正式一问,我倒犹豫起来了。不过又觉得对此人明说也并无不可。

"我在想：幸亏自己讲的语言是日语。"

他诧异地歪起脑袋。

我补充道："用英语说天气的时候，作为不定代词要用 we 吧？比如我们上个月有很多雨啦什么的。"

"那又怎么？"

"对于失去心爱之人的人来说，那说法岂不太伤心了？"

波佐间脸上现出比这么说的我还要难过的神情。往下两人都没开口，默默走到通往作业疗法室的小路前。

"那么，就此告辞。"我说。

"今天太谢谢了！"他也笑着爽快地应道。

波佐间轻轻拖着脚开始走去。我目送他的背影。在杜鹃花丛中行走的波佐间忽然停住脚步，缓缓回过头，隔肩说道："教你一件好事可好？"

这回轮到我歪起头来。

"那种情况下用 it。It is raining。这样就不至于难过了吧？"

折回停车场时,在铁丝网附近发现正开的紫色小花。我已从衣袋里掏出车钥匙,遂手拿钥匙朝铁丝网走去。从水泥地细小的裂纹中探出茎来的野生紫罗兰托起淡淡的紫花。我弯下腰,用指尖轻轻摸了摸花瓣。四下看去也没找到其他紫罗兰。从哪里飞来的种子呢?选来选去竟选在这铺满水泥的停车场……

在微小缝隙里扎根的野生紫罗兰静悄悄释放纯净的美丽。我不情愿直腰立起,很想就这样消融在这温暖的春日光照中。我久久抚摸那小小的花朵。